로크미디어가
유혹하는
재미있는 세상

ROK
MEDIA
로크미디어

이것이 삶이다

이것이 법이다 161

2023년 6월 12일 초판 1쇄 인쇄
2023년 6월 15일 초판 1쇄 발행

지은이 자카예프
발행인 강준규

기획 이기헌 왕소현 임동관 박경무 강민구 조익현
책임편집 최전경
마케팅지원 이원선

발행처 (주)로크미디어
출판등록 2003년 3월 24일
주소 서울시 마포구 마포대로 45 일진빌딩 6층
Tel (02)3273-5135 **Fax** (02)3273-5134
홈페이지 rokmedia.com **E-mail** rokmedia@empas.com

© 자카예프, 2015

값 9,000원

ISBN 979-11-408-0295-1 (161권)
ISBN 979-11-255-9575-5 04810 (세트)

이것이 법이다

161

자카예프 장편소설

ROK
MEDIA
로크미디어

CONTENTS

살기 위한 몸부림?   7

죽는 그 순간까지   45

보험 같은 소리 하고 자빠졌네   91

합법+합법=불법?   127

근간을 흔들다   165

돈 내놔! 필요 없어!   201

해도 해도 너무하네   229

자본주의적 파리   267

살기 위한 몸부림?

국정원, 아니 모든 정보 조직의 모토는 간단하다.

긍정도, 부정도 하지 않는다.

말할 수도 없고, 부정할 수도 없고 인정할 수도 없는 정보 조직은 절대로 확답이라는 걸 하지 않는다.

실제로 CIA에서 이벤트 형식으로 잠깐 만든 SNS에 사람들이 '진짜 CIA 계정 맞습니까?'라는 질문을 던졌을 때 해당 계정의 유일한 대답은 '긍정도 부정도 하지 않습니다.'였다.

그만큼 불확실성은 정보 조직을 지켜 주는 가장 확실한 방패였다.

하지만 세 사람은 살기 위해, 그리고 처분을 피하기 위해 인정해 버렸다.

자신들이 국정원 요원이 맞다고.

"오빠, 어떻게 안 거야? 보통 요원들은 고문당해도 이런 건 말 안 하잖아? 아무리 가족이 설득했다지만 이렇게 쉽게 인정한다고?"

서세영은 기가 막힌다는 듯 말했다.

노형진이 이런 계획을 세웠을 때만 해도 말도 안 된다고 생각했다. 자신이 생각한 국정원 요원이라는 이미지가 있으니까.

그런데 이렇게 쉽게 자기 신분을 밝히다니.

노형진이 대수롭지 않다는 듯 말했다.

"당연한 거다. 어차피 저놈들은 이제 요원으로서의 정신을 가진 놈들도 아니고."

"응?"

"정신이 죽었는데 요원이라고 볼 수 있겠어? 애초에 자신이 국정원 요원이라는 개념이 있으면 이런 미친 짓은 안 한다고."

세 사람은 자신들이 권력자라고 생각하고 있었다.

그리고 그 권력을 음지에서 유지하기 위해 북한의 스파이라는 걸 알면서도 정보를 빼내기 위해 그런 짓거리를 한 걸 거다.

"국정원이 그걸 알면서도 그냥 방치한 건 아닐까?"

"그건 아닐 거야. 국정원이 아무리 부패했다고 해도 북한이라는 나라와 공존할 수는 없으니까."

만일 국정원 자체에서 북한에 정보를 제공한다면 그건 국정원을 해체하고도 남을 만한 일이다.

"아마도 중간에서 세 놈이 정보를 걸렀겠지."

"그런 일이 많아?"

"부패한 스파이들 사이에서는 제법 많아."

아마도 국정원에서는 나인나인이 단순히 고위층에 마약을 유포하는 곳이라고 생각하고 있을 가능성이 크다.

게다가 나인나인은 실제로 그런 역할을 충분히 하고 있었으니, 재벌가들을 컨트롤하기 위해 정보가 필요했던 국정원 입장에서는 상당히 이득이 되는 일일 수밖에 없었다.

"실제로 이번 사건에서 나인나인과 연관해서 북한 이야기는 전혀 나오지 않고 있고."

그 말은 국정원조차도 나인나인을 제대로 모르고 있다는 소리다.

'그리고 미국도 모를 가능성이 높고.'

노형진은 은밀하게 CIA와 손잡고 일하고 있다.

하지만 이번 일이 북한과 관련된 것으로 보이는 정보는 없다고 CIA는 말해 왔다.

"두 나라에서 공작하면 아무리 국정원이라고 해도 정보를 찾아내는 게 쉽지 않지."

"두 나라?"

"북한과 일본 말이야."

북한이야 자기 돈줄이니까 어떻게 해서든 보호하려고 할 테고, 일본 입장에서는 야쿠자가 한국에 마약을 뿌리면서 엿을 먹이는 게 고마워서라도 그 사실을 감춰 줬을 것이다.

전보다 덜하다곤 해도 한국에 대한 일본의 증오는 여전히 하늘을 찌르고 있으니까.

야베가 사라지긴 했으나 여전히 극우 세력이 권력을 잡고 있는 상황이고, 일왕에게는 일본의 헌법상 실제 법적인 권리가 없기에 그런 걸 막는 데에는 한계가 있다.

파문이라는 권리를 노형진이 만들어 주었다지만 그걸 아무한테나 휘두를 수는 없으니까.

때때로 무기는 휘두르지 않아야 존재감을 가지는 경우가 있는데 파문이 바로 그런 거다. 종교적인 핵폭탄이라고나 할까?

"그런데 이 상황에서 자기들이 살겠다고 터트린다고? 미친놈들 아냐?"

"누구나 제 목숨은 아까운 거지."

이미 타락해서 권력의 맛을 볼 만큼 본 놈들이라면 더더욱 말이다.

"물론 멍청한 짓거리를 하는 거고."

"뭐? 어째서?"

"저놈들은 자기들이 살겠다고 저 짓거리를 했지. 지금까지 저놈들이 죽인 요원이 몇 명이나 될 것 같아?"

의문사에 자살 처리, 심지어 하얀 방이라고 하는 고문실로 보내 미치게 만든 이들까지, 희생당한 요원들의 숫자가 적지 않다.

"그리고 그런 사람들은 별로도 못 남아."

"별?"

"그래. 국정원 내부에 있는 일종의 추모비."

블랙 요원으로서 국가를 위해 헌신하다가 사망한 사람들.

존재하지만 존재하지 않는 그들 중에서 사망자가 발생할 경우, 국정원은 적성국의 눈을 피해 상당한 기간이 지나고 나서 별을 하나씩 추가해 준다.

하지만 위에서 소위 말하는 처분을 당하면 별로 남지도 못한다.

국가가 아닌 내부 권력에 저항하다가 당한 것이기 때문이다.

"그러니까 이참에 그걸 터트려 볼까 생각 중이야. 말했잖아. 저놈들은 자기가 처분당할까 두려워서 신분을 공개했어. 그렇지?"

"그렇지."

물론 전이라면 그런 짓은 하지 않았을지도 모른다.

하지만 마음이 약해진 상황에서 가족들이 설득을 해 오고 실제로 자기들이 한 짓거리가 있으니 살기 위해 선택한 것이다.

그리고 한 명이 시작하면 나머지도 같은 선택을 하는 건 어떻게 보면 당연한 거고.

"그러면 여기서 문제가 생기지. 저놈들은 살기 위해 자신들의 정체를 공개했어. 그러면 말이야, 자기들이 죽을 수도 있는 이유도 공개해야 하거든."

"응?"

그 말에 서세영은 영문을 몰라서 잠깐 침묵을 지켰다.

그러다 문득 어떤 사실을 깨달은 듯 입을 쩍 벌렸다.

"잠깐. 그러면 스스로를 지키기 위해서는 국정원 요원을 죽인 걸 입증해야 하네?"

"정확하게는 국정원 요원이 국정원의 손에 의해 처분당한 걸 입증해야 하지."

그래야만 자신이 살 수 있는 기회가 생긴다.

"그러지 못하면? 그냥 마티즈에 타는 거지, 뭐."

물론 세 명 다 마티즈에 타지는 않을 거다.

누군가는 한강에서 줄 없이 번지점프를 할 수도 있고, 누군가는 살아온 삶에 회의를 느끼고 사람이 없는 곳에서 목매달 수도 있는 노릇이니까.

"문제는 그게 그들이 결정하는 게 아니라는 거지."

그걸 결정하는 건 국정원이니, 그걸 막기 위해서 어떻게든 국정원의 범죄를 입증해야 한다.

"허, 오빠는 그것도 계산한 거야?"

"원래 윗대가리는 아래에서 죽든 말든 자기만 살면 그만이거든."

노형진은 어깨를 으쓱하며 말했다.

"그러니까 두고 봐. 아마 신나게 입을 나불거릴걸."

⚖️

노형진의 예상은 그대로 현실이 되었다.

어찌 보면 당연한 일이다.

국정원 요원, 그것도 상위 직급이 자신의 신분을 드러내는 경우는 무척이나 드물기 때문이다.

─그래서 국정원에서는 임무 실패 시에 처분당한다 이건가요?

─그렇습니다. 저희가 임무를 실패했기 때문에 처분 직전이고, 그런 불합리한…….

"이런 미친 새끼들이!"

국정원 요원이 자신의 신분을 밝힌 것도 곤혹스러워 죽겠는데 심지어 내부의 처분에 대해 떠들고 있으니 국정원으로서는 심각해질 수밖에 없었다.

"아니, 저 새끼들 왜 저래?"

"모르겠습니다. 갑자기 미쳐 날뛰는 이유를 저희도 알고 싶습니다."

국정원장의 말에 그렇게 답한 국장은 답답한 듯 물을 꿀꺽 꿀꺽 마신 뒤 말했다.

"다만 한 가지는 확실합니다. 저 새끼들, 자기들이 처분당할 거라고 확신할 만큼 걸리는 게 있는 겁니다."

"나인나인인지 나발인지 그 새끼들 때문에 저러는 거야?"

나인나인과의 관련성에 대해서는 이미 보고받았기 때문에 국정원장도 상황은 대충 알고 있었다.

나인나인이 재벌가에 마약을 뿌리고 난교 파티도 열고 그러다가 재벌가 자제들이 집단으로 에이즈에 걸리는 바람에 나라가 발칵 뒤집어졌으니까.

재벌가들에서 언론사에 막대한 압력을 주어 더 이상 떠들지 않고 있을 뿐이지, 다수의 재벌가 사람들이 에이즈에 걸렸다는 보고가 계속해서 들어오고 있었다.

"나인나인 새끼들, 미치겠네."

사실 나인나인에 대해서는 국정원장도 알고 있었다.

나인나인이 재벌가 도련님들의 약점을 만들기 위해 보호받고 있다는 것도 말이다.

때때로 음지에서 일해야 하는 국정원의 특성상 그런 걸 어쩔 수 없이 묵인해야 하는 경우도 있었다.

"돈을 좀 받은 것 같습니다만."

"알아, 안다고. 그런데 그걸 왜 저 지랄이냐고."

물론 곱게 넘어갈 수는 없는 일이었다. 화이트 요원으로 바뀔 수도 있고 감옥에 갈 수도 있다.

그러나 그렇다고 저런 식으로 행동하는 건 말이 안 된다.

　－그러면 방금 말씀하신 그 처분이라는 걸 지난 몇 년간 당한 사람이 많습니까?
　－많습니다. 정권이 바뀔 때마다 정권의 마음에 안 드는 사람은 소위 처분이라는 걸 당합니다.

　"저, 저…… 미친 새끼가! 후우…… 야, 저거 정말이야?"
　국정원장은 눈을 부라리면서 물었다.
　그럴 수밖에 없는 게 국정원장은 선출직도, 내부 승진도 아닌 외부에서 임명되는 존재다.
　그렇다 보니 국정원 내부에서 아주 은밀하게 이루어지는 일에 대해서는 잘 모른다.
　"그게…….."
　"똑바로 말해, 저게 사실이냐고!"
　그 말에 국장은 결국 포기하고 답했다.
　"어느 정도는 사실입니다."
　"어느 정도는?"
　"지난 정권에서는 그…… 처분이 자주 이루어졌습니다."
　"홍안수 때 말이야?"
　"그렇습니다."
　"미친!"

그 말에 국정원장은 얼굴이 핼쑥해졌다.

전혀 몰랐던 상황이니까.

당연하게도 그의 언성은 높아질 수밖에 없었다.

"이 새끼야! 그걸 왜 나한테 보고하지 않았는데?"

"그…… 처분이라는 게 보통은 아래에서 알아서 하는 거라서……."

국정원장이 '저 새끼 처리해.'라고 하기도 전에 이 사람이 현 정권과 사상적으로 맞지 않다 싶으면 처분당하는 거다.

"그러다가 자기 이권이랑 충돌하면 또 처분하고 말이지?"

그제야 국정원장은 이 소위 처분이라는 것의 문제가 뭔지 알아차렸다.

비공식적으로 아래에서 처분하면서 하나의 계파만을 유지하고 있었던 것.

사실 국정원이 특정 정당을 지지한다는 것은 딱히 비밀도 아니다.

그런데 그 안에 이런 비밀이 숨겨져 있었다는 사실에 국정원장은 분노로 부들부들 떨었다.

"이 미친 새끼들이!"

"죄송합니다."

"죄송? 죄송? 이게 죄송으로 끝날 일이야, 이 새끼야? 국장으로서 내부를 제대로 관리하라고 그 자리에 그냥 뒀더니 처분? 그래, 나도 처분할 거냐?"

"……."

국장이 이걸 알면서도 보고하지 않은 이유는 간단하다.

국장은 사실상 현 정권이 아닌 전 정권에 충성하기 때문이다.

"오냐, 그래. 그런 식으로 나온다 이거지? 내가 왜 국정원장인지 한번 두고 보자, 이 새끼야."

"네?"

"감사 한번 받아 보자고, 이 새끼들아."

"국정원은 절대로 감사의 대상이……."

"지랄하지 마!"

아차 싶어서 국장은 만류하려고 했지만 이미 뒤통수를 제대로 맞은 국정원장은 눈깔이 돌아간 후였다.

전 정권에서 저질러진 일인데 자신이 뒤통수를 맞고 뒈지게 생겼으니까.

농담이 아니라, 이대로라면 그의 모가지가 날아가는 것은 확정적이다.

"어차피 쫓겨나게 생긴 거, 같이 죽자, 씨팔 새끼들아!"

'미친 새끼들. 아후.'

길길이 날뛰는 국정원장을 보면서 국장은 세 사람이 죽이고 싶을 정도로 미워졌다.

조용히 닥치고 있었다면 이 꼴은 나지 않았을 테니까.

사실 처분은 일부 권력형 요원들이 자기 권력을 지키기 위해 이용하던 방식이다.

그런데 이게 걸렸으니 그와 관련된 모든 시스템이 털릴 테고, 그 과정에서 국정원 내부의 수십 년의 극비들도 새어 나갈 수밖에 없었다.

"이 개 같은 새끼들……."

띠리리~.

그 순간 울리는 국정원장의 핸드폰.

그는 당장이라도 국장을 패 죽이고 싶었지만 잠깐은 참았다.

그럴 수밖에 없는 게 방금 울린 벨소리는 특정 번호를 위해 일부러 지정해 둔 것이기 때문이다.

그만큼 중요한 연락이라는 뜻이었기에 그는 국장을 무섭게 노려보면서도 일단 핸드폰을 살폈다.

그러다 액정에 떠 있는 이름을 보고 눈을 찡그렸다.

"노형진?"

지금은 자문 위원을 그만둔 노형진이었다.

물론 그만뒀다고 해서 그의 가치가 떨어진 건 아니다.

도리어 이제는 아무 관계가 아니기에 더더욱 올라갈 수밖에 없었다.

─여보세요? 오랜만입니다, 국정원장님.

"반갑다고는 말 못 하겠네요, 노 위원님."

─이제는 자문 위원이 아닙니다, 하하하.

"알겠습니다, 노형진 변호사님. 그런데 죄송한데 제가 지금 너무 바빠서 그러는데, 나중에 통화해도 되겠습니까?"

지금은 국정원에서 그의 뒤통수를 친 새끼들을 조져 놓는 게 우선이었다.

ㅡ많이 급하신가 보군요. 그래도 이건 들으셔야 할 텐데요.

"뭡니까, 도대체? 빨리 말씀해 주세요."

ㅡ나인나인 문제 말입니다.

"나인나인?"

그렇잖아도 나인나인 문제로 대가리가 빠개질 것 같은데 노형진이 그 이름을 언급하니 국정원장은 도무지 전화를 끊을 수가 없었다.

ㅡ상황을 보니 아무래도 모르시는 것 같아서요.

"뭘요?"

ㅡ나인나인은 북한 쪽 라인입니다.

그 말에 국정원장은 움찔했다.

북한 쪽이라니? 이건 또 무슨 날벼락 같은 소리란 말인가?

그는 그런 보고는 들은 적도 없었다.

아니, 북한 쪽 라인이 한국에 들어와서 버젓이 활동하고 있었단 말인가?

국정원장은 허겁지겁 물었다.

"무슨 말입니까, 그게?"

-뭐, 간단한 겁니다. 나인나인이 북한에서 공급하는 미약을 한국에 뿌리는 총책 역할을 하고 있었다는 거죠.

그 말에 국정원장의 손이 부들부들 떨렸다.

이건 이만저만 심각한 문제가 아니다.

"그…… 말이 사실입니까?"

-제가 거짓말을 할 이유가 있나요?

"그 정보 출처가 어딥니까?"

-제게 그걸 말씀드릴 의무는 없지요.

노형진의 말이 맞기에 국정원장은 더 캐물을 수가 없었다.

내부 감시만 하느라고 해외 정보 라인이 박살 난 국정원과 달리 마이스터의 정보력은 미국의 CIA나 FBI에 버금간다는 소리가 있으니까.

-국정원 측에서는 전혀 몰랐던 모양이네요. 정확하게 설명하자면, 나인나인은 북한에서 판매한 미약을 일본을 한번 거쳐 세탁한 다음 한국에 판매하는 역할을 합니다.

"북한에…… 일본이라고요?"

-나인나인의 책임자는 공흥구이고 그의 아버지는 재일교포인 얀지 카미치로로, 한국 이름은 공광태입니다. 그는 조선계 야쿠자로 되어 있지만……. 이쯤 말하면 아시죠?

멍청한 사람을 국정원장으로 보낼 리가 없기에 국정원장은 이 정도 정보만으로도 금방 상황을 알아차렸다.

공광태가 정말 북한이 보낸 스파이이고, 그를 통해 일본을 거쳐서 한국에 마약을 뿌렸다면.

"이 미친 새끼들이!"

그러면 세 사람이 갑자기 미쳐서 처분 운운하면서 저 지랄을 하는 이유가 뭔지도 알 수 있다.

다른 곳도 아니고 북한과 관련된 일이다.

나인나인은 점점 코너에 몰리고 있고, 수사가 본격화되면 북한 문제가 터질 수도 있다. 그렇게 되면?

현 상황에서 국정원은 저들을 처분할 수밖에 없다.

ㅡ처분은 섣불리 하지 않으시는 게 좋을 겁니다.

경고 아닌 경고.

만일 지금 국정원이 저들을 처분하려 든다면? 아마도 나라가 발칵 뒤집어질 거다.

ㅡ물론 사법 처리는 전혀 다른 문제이지만요.

노형진의 말에 국정원장은 정신이 번쩍 들었다.

"감사합니다. 끊겠습니다."

국정원장은 그 말을 끝으로 전화를 끊었다.

그리고 국장을 노려보면서 어느 때보다 차갑게 질문을 던졌다.

"국장."

"네, 원장님."

"나인나인 공흥구. 북한 라인이라는 거 알고 있었어?"

"네?"

이건 국장도 금시초문이었기에 멍청하게 반문할 수밖에 없었다.

그러나 곧 그 질문이 의미하는 바를 깨닫고는 사색이 되었다.

다른 곳도 아닌 나인나인이다.

대한민국의 재벌가 도련님들이 다니는 곳인 만큼 그곳에서는 온갖 정보가 흐른다. 마약과 술 그리고 여자에 취해서 터져 나오는 온갖 소리들.

그런데 그곳이 북한 라인이라면, 그리고 그 사실을 국정원이 몰랐다면…….

"저…… 저는 몰랐습니다. 진짜로 몰랐습니다. 정말입니다!"

"그러면 저 세 명은?"

"그…….."

몰랐다고 할 수 있을까, 진짜로?

거기서 그동안 당당하게 받아 처먹던 놈들이?

"……."

"후우~."

국정원장은 어이가 없었다.

이들이 현 정권에 호의적이지 않다는 건 알고 있었다.

그래도 국가를 위해 하는 일이라고 생각했다.

그런데 이건 아귀도가 따로 없었다.

"이번에 피 좀 보자, 이 새끼들아."

⚖

얼마 후 국정원, 아니 나라가 발칵 뒤집어졌다.

그럴 수밖에 없는 게 검찰에서 세 사람을 반역 혐의로 전격 체포했기 때문이다.

대한민국에서 반역 혐의는 사형까지 선고할 수 있는 강력 범죄이기에 언론에서는 난리가 났다.

지금까지 세 사람은 언론과 국민들이 자신들을 피해자로 보고 보호해 주기를 원했다. 실제로 그렇게 되기 위해 작업한 거고 말이다.

그러나 언제나 긍정도 부정도 하지 않던 국정원이 갑자기 전면에 나서서 기자회견을 하며 모든 게 뒤집어진 것이다.

"해당 세 명은 북한의 사주를 받아 한국 내 북한의 정보라인을 은닉해 주고 한국의 주요 정보를 북한에 넘긴 반역 혐의를 받고 있습니다."

"반역이라고요?"

이건 생각지도 못한 반전이기에 기자들도 혼란스러울 수밖에 없었다.

그들이 하던 임무가 실패하면서 처분 대상이 된 거라고만 생각했으니까. 실제로 그들의 주장도 그랬고 말이다.

하지만 지금의 국정원상의 눈에는 뵈는 게 없었다.

당장 대통령은 현 상황에 길길이 날뛰었다.

아무리 레임덕이 왔다곤 해도 그는 현 대통령이다.

그런데 다른 곳도 아닌 국정원이 돈을 노리고 북한 놈들과 붙어먹었다는 것은 도무지 용납할 수가 없는 일이었다.

당연히 역사상 단 한 번도 제대로 조사라는 걸 받아 본 적이 없는 국정원에 대한 대대적인 감사가 벌어지기 시작했다.

물론 국정원이라는 특성상 모든 사안에 대한 감사는 불가능하다. 진짜로 음지의 사건들까지 들출 수는 없으니까.

하지만 요원, 특히 고위직 요원들과 주변 인물들의 재산을 감사할 수는 있었다.

개인적인 재산의 감사는 어차피 개인의 영역이니까.

그리고 그 결과는 처참하기 그지없었다.

국정원 고위직 요원들 모두 서울에 아파트를 두 채 이상 가지고 있었던 것이다.

심지어 주변 인물 명의로 아파트만 열 채 넘게 보유한 놈도 있었다.

그리고 대부분의 고위직 요원들은 그 돈이 어디서 나왔는지 증명하지 못했다.

"비참하군."

박기훈 대통령은 보고를 받고 부들부들 떨었다.

수십 년 동안 국정원은 단 한 번도 감사라는 걸 받아 본 적이 없었다.

그래서인지 국정원의 부패는 상상을 넘어선 지 오래였다.

선한 요원들? 내부 고발자?

그들은 대부분 소위 처분이라는 걸 당했고, 미쳐서 그만두 거나 이유 모를 자살을 했다.

"이번 기회에 부패 요원들을 확실하게 뿌리 뽑으세요."

박기훈의 명령은 절대적이었다.

아무리 레임덕이 왔다지만 그래도 대통령의 명령이었기에 다음 선거에 개입해서 어떻게 판을 뒤집어 볼까 하고 있던 국정원 요원들에게는 그야말로 날벼락이 떨어졌다.

그런데 그런 일을 겪은 건 국정원만이 아니었다.

"이게…… 어떻게 된 거야? 어떻게 안 거야?"

공흥구의 눈동자가 흔들렸다.

사실 조궁태 실장과 곽도찬 실장 그리고 서은광 팀장은 확실히 자신이 북한 쪽 라인이라는 걸 알고 있었다.

하지만 여러 가지 이권이 서로 맞물리며 맞아떨어지자 모른 척하기로 한 것이었다.

그래서 적당히 의심스러운 정보는 그 세 사람이 걸러 줬다.

어차피 북한에 직접적으로 정보를 넘기는 것도 아니기에.

정보를 적당히 가공해서 일본으로 보내면 일본에서 다시 북한으로 보내는 삼각 체제.

그게 지금까지 걸리지 않았던 이유였다.

물론 그 과정에서 매년 세 사람의 아가리로 수억씩 들어갔지만 마약을 판 돈과 일본에서 보내 주는 돈은 그걸 보충하기에 충분했다.

　　-조사 결과 다수의 국정원 요원들이 이유를 알 수 없는 재산 증식의 정황이…….

국정원은 모든 것을 기밀로 처리한다. 그게 국정원이 믿고 있는 가장 강력한 방패였다.

하지만 그들은 몰랐다.

자기들이 정치인들의 뒤통수를 치면 정치인들은 앞에서 대놓고 당당하게 후려칠 수 있는 놈들이라는 걸.

음지에서 움직인다는 건 반대로 말하면 양지로 나갈 수 없다는 말이기도 했다.

　　-또한 정치적 사상을 위해 특정 후보나 지지 세력을 밀어주고자 증거를 조작하거나…….

그동안 쌓여 있던 수많은 비리와 범죄.

아예 꺼내 들지 않았다면 모를까, 한번 칼을 꺼내 든 이상 국정원장과 박기훈은 제대로 칼질을 할 수밖에 없었다.

정치적 경험상 이런 곳을 어설프게 건드리면 더 큰 보복으로 돌아온다는 걸 알기 때문이다.

─특히 지지 세력이 다른 경우 소위 처분이라는 방식으로 고문하거나 살해하는 등…….

국정원장의 발표가 계속될수록 사람들의 머릿속은 분노로 가득 차올랐다.

애초에 국정원은 사람들에게 이미지가 좋지 않다. 사람을 납치해서 고문하고 책상을 탁 치니 억 하고 죽었다던 놈들이 아닌가?

그때와 이름이 다르다지만 본질까지 달라진 건 아니었다.

─이야, 남산에 끌고 갈 놈들이 없으니까 자기들끼리 끌고 갔구만.
─감사 내용도 조작하고, 막장이네.
─국정원이 빨갱이랑 손잡아? 뭐? 국가 수호의 첨병? 매국의 첨병이겠지.

극단적으로 화가 난 사람들의 시선은 자연스럽게 나인나인으로 향했다.

─그나저나 나인나인은 북한의 첨병인 거네?

—이야, 북한에서 에이즈를 풀었다!

"이런 씨팔."

공흥구는 분노로 부들부들 떨었다.

하지만 일이 이렇게 되면 자신이 할 수 있는 게 없다.

국정원이 아무리 많이 바뀌었다지만 기본적으로 방첩 조직이다. 그곳에 끌려가면 어떤 꼴을 당할지 예상하는 건 어렵지 않다.

"사장님, 손님이 오셨습니다."

"손님?"

"네."

밖에서 들리는 웨이터의 목소리.

하지만 어째서인지 그의 목소리에는 공포가 깃들어 있었다.

하긴, 지금 찾아올 손님이 그리 반갑지는 않을 것이다.

"경찰입니다. 잠깐 문 열어 주십시오."

아니나 다를까, 경찰이었다.

국정원에서 기자회견을 할 정도라면 경찰에도 이미 자신의 체포 영장이 떨어졌다고 보는 게 당연하다면 당연한 일.

"알겠습니다."

공흥구는 자리에서 일어났다. 그리고 천천히 감춰진 벽으로 향했다.

이런 일이 일어날지 모른다는 걸 그는 늘 염두에 두고 있었다.

아버지가 북한의 스파이이기 때문에 그에게서 배웠고, 또 실제로 일정 기간 북한에 가서 교육도 받았다.

그는 일본인이기 이전에 북한의 요원이었다.

철컥.

감춰진 공간이 열리고 그 안에서 그동안 숨겨 둔 AK 소총이 튀어나왔다.

"이 종간나 새끼들, 뒈져!"

그는 문을 여는 대신, 문을 향해 총을 미친 듯이 쏴 버렸다.

어차피 이 너머는 엄폐물도 없는 긴 복도뿐이다. 문이라고 해 봐야 얇은 합판 한 장일 뿐.

타타탕.

"으악!"

"끄악!"

비명 소리가 들리자 그사이 공흥구는 탄창을 갈고 다시 한번 미친 듯이 갈겼다.

탄속이 워낙 빨라 뒤에 있던 경찰은 멀쩡할 수도 있었기 때문이다.

분명 엎드려 있을 거라 생각해서 이번에는 총구를 좀 아래로 향하고 쏴 버렸다.

아니나 다를까, 연이어 비명이 터져 나왔다.

타탕.

"크억!"

이윽고 비명이 잦아들자 공흥구는 문을 열고 밖으로 나갔다.

피를 흘리며 경찰 네 명이 쓰러져 있었다.

그리고 맨 뒤에서 직원이 피를 흘리면서 기어서 도망가고 있었다.

"종간나 새끼."

"사…… 사장님, 살려……."

하지만 공흥구는 대답 대신에 그 직원의 얼굴에 대고 탄창에 남은 총알을 그대로 박아 넣었다.

그리고 사방에 퍼진 뇌수를 밟으면서 탄창을 갈아 끼우며 맨 위층으로 향했다.

보통 도주로는 맨 아래에 두는 게 일반적이지만 여기는 재벌가들을 위한 공간.

당연하게도 경찰이 올 때를 대비해 맨 위에 은밀하게 만들어 둔 도주로가 있었다.

그걸 자신이 쓰게 될 줄은 몰랐지만 말이다.

"빌어먹을."

공흥구는 이를 박박 갈면서 그곳으로 몸을 던졌다.

－나인나인의 사장 공흥구는 경찰 네 명과 직원 한 명을 살해하고……

노형진은 뉴스를 보면서 눈을 찡그렸다.

"이건 예상 못 했는데. 상황이 심각해졌네. 이 미친놈이 무장한 모양이야."

오광훈은 진중한 얼굴로 말했다.

"도대체 뭔 생각으로 영장을 들고 찾아간 걸까?"

사실 노형진의 계획은 국정원에 나인나인이 북한의 스파이라는 걸 알리는 선에서 마무리되는 것이었다.

나인나인 사건이 유명해진 상황에서 국정원이 그들이 북한의 스파이라는 걸 알게 되면 알아서 처리할 테니까.

하지만 제대로 된 무장도 하지 않고 영장 하나 달랑 가지고 갈 줄 누가 알았겠는가?

"한국에서 간첩 체포 작전이 이루어진 게 도대체 몇 년 전인지 알 수도 없으니까 어떻게 보면 당연한 일이지."

한국에 온 간첩들은 일단 충격을 받는다. 자신이 알던 것과 너무 다른 남한의 모습에.

두 번째로 한계를 느낀다. 간첩이 한국에 들어와서 할 수 있는 일에는 한계가 있으니까.

그래서 많은 간첩들이 자수하거나 그냥 대충 시간만 때우

다가 복귀하곤 한다.

"진짜 극렬하게 저항하면서 싸우는 간첩은 거의 없다시피 하지."

그러니 방심하고 영장 하나 달랑 들고 간 것이리라.

그들을 탓할 수는 없다. 일반적으로 한국 내에서 오래 활동하는 고정간첩은 총기를 잘 사용하지 않으니까.

"하지만 상황이 상황이니까."

어차피 이제 재기는 불가능한 막장 상황이다. 그리고 체포 당했을 때 과연 공흥구가 살아남을 수 있을까?

물론 죽지는 않을 것이다. 하지만 죽지만 않을 거다.

공흥구 때문에 다수의 재벌가 사람들이 에이즈에 걸렸고 치료를 위해 은밀하게 해외로 출국하고 있는 상황이다.

말이 은밀하게지, 그냥 갑자기 사라지면 사람들은 '에이즈에 걸렸구나.'라고 생각하는 상황이라 재벌가 사람들은 출국 조차도 조심스럽다.

"그런 상황이니 뭔가를 멀쩡하게 하기는 힘들 거라고 생각하기는 하는데 말이지."

오광훈은 머리를 긁적거리며 말했다.

"하여간 요즘 짭새 새끼들은 개념이 없어요."

"누가 총기가 있으리라고 생각이나 했겠냐?"

"총기가 없을 건 또 뭐야? 솔직히 어지간한 조직은 다 하나씩 들고 있어. 다만 그걸 쓰면 좆 되니까 안 쓰는 거지."

잡혀가서 10년 형 받을 걸 총기를 쓰면 30년 형, 최악의
경우 무기징역이 나오기 때문에 진짜 목숨이 위험한 순간이
아니면 쓰지 않는다는 게 오광훈의 설명이었다.

"그래?"

"그래. 솔직히 총기 안전국이라고 해도 러시아에서 나오
는 총기가 뭐 한두 개냐? 밀입국하는 중국인들이 넘쳐 나는
데 총기 하나 못 들여올까?"

"끄응."

틀린 말은 아니기에 노형진은 신음을 낼 수밖에 없었다.

실제로 만구파는 대전차무기와 폭탄도 가지고 있었다.

일개 사이비 종교가 그 정도 무장을 했는데, 제대로 훈련
받은 북한의 스파이들이 무기를 못 들여왔을까?

그것도 국정원의 비호를 받으며 마약을 들여오던 놈들이?

마약 통로를 통해서 무기를 들여오는 건 일도 아니었을 것
이다.

"그나저나 어쩌냐? 이걸로 끝?"

"글쎄. 일단 우리가 할 수 있는 건 다 했는데 말이지."

나인나인은 어찌 보면 북한에서 한국에 심은 최대 스파이
조직일 거다.

일본에 있는 공광태는 아무리 노형진이라고 해도 건드릴
수가 없다.

물론 이미 일본 쪽에서도 난리가 났을 테지만.

"그쪽은 알아서 처리할 거야."

북한은 일본의 적성국이기도 하니까.

그리고 한국에 마약을 뿌리는 놈이 과연 일본에는 마약을
안 뿌렸겠는가?

실제로 일본에서도 공광태, 아니 얀지 카미치로의 조직을
박살 내기 위해 움직이고 있었다.

"하지만 내 경험상 그냥 놔두는 건 안 좋을 건데."

"어째서?"

솔직히 노형진은 이쯤에서 손을 떼려고 했다. 현실적으로
더 이상 할 수 있는 게 없으니까.

자신이 무슨 공권력이 있다고 간첩을 추적해서 붙잡아다
바치겠는가?

그건 명백하게 경찰이나 국정원의 일이었다.

그런데 이어지는 오광훈의 말에, 그는 자신이 나설 수밖에
없다고 생각했다.

"저런 새끼들은 꼭 뭐라도 하나씩 쥐고 있기 마련이거든."

"뭔가를 쥐고 있을 거라고? 그걸 네가 어떻게 알아?"

"말했잖아. 깡패 새끼들이 총 쥐고 있는 이유가 뭐겠어?
그게 마지막 하나란 말이지. 어차피 막 사는 새끼들이잖아.
같이 죽자, 뭐 그런 거?"

"그런데?"

"무려 간첩 새끼들이 그런 게 없겠어? 걸리면 뒈진다고 생

각하고 온다는데."

"그게 총 아니야?"

"고작? 그럴까?"

노형진의 말에 오광훈은 부정적으로 반응했다.

범죄자나 뭔가 감추고 싶은 놈들에 대해서는 노형진보다 훨씬 잘 아는 오광훈이다.

"네 말이 맞다 쳐. 그런데 그 총을, 대놓고 경찰이랑 부하 면상에 갈기고 튄 놈이잖아. 그냥 포기하면 죽지는 않을 텐데 말이지."

오광훈의 말을 들으면서 노형진은 왠지 등골이 서늘해졌다.

확실히 그 부분이 이상하기는 하다.

물론 오랜 시간 감옥에 있을 거야 당연하지만 죽지는 않을 거다.

"모든 걸 다 누리던 놈들은 죽으면 죽었지 그런 건 절대 못 내려놓거든."

오광훈은 아주 당연하다는 듯 말했다.

"여자고 돈이고 마약이고 원하는 대로 하다가 감옥에서 간첩이라고 온갖 수모를 당하게 된다? 과연 그러고 살 수 있을까."

"그러니까 그리될 바에야 무슨 짓이라도 해서 차라리 같이 죽는 쪽을 선택할 거라는 말이구나."

"그래, 그게 뭔지는 모르겠지만."

전직 범죄자인 만큼 모든 것을 포기한 놈들의 심리를 잘 아는 오광훈의 말에 노형진은 소름이 돋았다.

"이건 좀 알아봐야겠는데?"

노형진은 오랜만에 김소라를 찾아갔다.

보통 노형진은 스스로 알아서 할 정도의 능력은 되기에 김소라는 자신의 프로파일링 능력을 다른 변호사들과의 작업에서 쓰는 것을 우선시했다.

하지만 이번 사건은 심각했기 때문에 그녀는 어느 때보다 진중하게 말했다.

"뭔가 있기는 할 거예요."

"어떻게 아십니까?"

"도주했으니까요."

"도주야 체포를 면하기 위해서 한 거 아닌가요?"

"그랬다면 총기를 사용하지 않았을 거예요."

"하지만 총기는 자포자기한 심정으로 쓴 거 아닌가요?"

그 말에 김소라는 고개를 흔들었다.

"그럴 수도 있죠. 하지만 정말 자포자기했다면 총알을 아끼려고 했겠지요. 최대한 저항하고 싶었을 테니까."

하지만 공홍구는 총알을 아끼지 않았다.

아무 힘도 없는, 이미 피를 흘리고 있는 직원의 얼굴에 대고 수십 발을 갈겼다.

"그런 면에서 봤을 때 그는 일단 도주했을 뿐 아직 모든 걸 완전히 포기한 건 아니에요."

"하지만 더는 할 수 있는 일이 없을 텐데요. 일본으로도 가지 못할 테고."

공광태가 이끄는 야쿠자들도 지금까지 어느 정도 선은 지켜서 일본 내에서 견제받는 수준을 유지하고 있었지만, 이번 일로 북한의 라인이라는 사실이 드러나면서 아주 쑥대밭이 되고 있다고 했다.

그렇기에 이제 와서 공홍구가 일본으로 간다고 해도 보호받을 가능성은 전혀 없다.

"북한으로 넘어가는 건 불가능할 테고요."

이미 공항뿐만 아니라 모든 항구에 수배가 떨어진 데다 혹시나 어선을 통한 밀항을 할까 싶어 경찰이 모든 항구를 이 잡듯이 뒤지고 있는 상황이다.

"보통 이런 경우는 상대방과 같이 죽으려고 합니다. 포기는 여러 가지 형태로 나타납니다."

미래가 보이지 않을 경우 혼자서 그 현실을 받아들이는 놈이 있는가 하면 혼자서는 못 죽는다고 사방에 문제를 일으키는 놈이 있다.

"아, 일본에 그런 놈이 있었지요?"

"네, 맞아요."

일본에서 코넬09바이러스에 걸린 놈 하나가 자기 혼자서는 못 죽는다고 사람들이 많은 역이나 백화점 마트 등을 마스크도 안 하고 돌아다녔다.

심지어 그냥 돌아다닌 것도 아니고 다른 사람들도 걸리라고 침을 뱉어서 문손잡이에 바르거나 하는 식으로 사방에 바이러스를 퍼트렸다.

다행히도 이 미친놈이 자기가 하는 짓거리를 유튭에 올리면서 경찰에 체포되었지만, 이놈 하나 때문에 얼마나 많은 사람들이 감염되었는지 감도 잡을 수가 없었다.

결국 이놈은 코넬09바이러스로 죽었는데, 죽는 순간까지 반성이라고는 없었다.

"만일 정말 모든 걸 포기했다면 그 총기를 이용해 현장에서 범죄를 저질렀을 가능성이 높아요."

경찰의 조사로는 여전히 1천 발 이상의 탄약을 가지고 있는 걸로 보이고, 수류탄도 소유하고 있을 거라고 했다.

비록 사건 당시에 나인나인에는 손님이 없었다지만 그 주변은 여전히 한국 최고의 유흥가로 몇백 미터만 가면 사람이 바글바글한 클럽이 몇 개나 있으니, 만약 공흥구가 누군가를 죽이고 막장으로 치달으려고 한다면 아주 적당한 장소가 되었을 것임이 틀림없다.

"그런 곳의 입구를 막고 총기 난사를 한다면 현실적으로 누구도 못 막죠."

"즉, 포기를 하지 않았다 이겁니까?"

"아니요. 포기는 했어요. 하지만 한 명이라도 더 데려갈 듯 행동한다는 거죠."

"이해가 안 가는데요."

"그래서 더 걱정이에요. 그놈은 천 발 이상의 실탄과 수류탄을 가지고 있다고 경찰이 말했잖아요?"

그러니 밖으로 나가서 죽이려고 한다면 수백 명은 충분히 죽일 수 있다.

그놈은 다른 난사범들과 다르게 훈련받은 놈일 테니까.

"그런데 도주했죠. 그 말은, 추후 더 많은 사람들을 죽일 가능성이 있다는 거죠."

"게릴라전이라도 하려는 걸까요?"

"그럴 수도 있겠지만, 글쎄요. 게릴라전은 아닐 것 같아요."

그가 숨어서 뭔가를 하려 한다 해도 현 상황에서는 군이 투입될 게 뻔하고, 군이 투입되면 다수의 사람을 죽인다는 계획은 실패로 끝난다.

군대가 바보도 아니고 그놈이 숨어 있는 위치에 굳이 사람을 밀어 넣을 이유는 없으니 차라리 박격포 같은 걸로 주변을 초토화하는 걸 선택할 거다.

"더 많은 피해자를 만든다……."

그 말이 계속 꺼림칙한 기분으로 노형진의 마음속에 남았다.

하지만 그게 뭔지 알 수가 없었다.

"그러니까요. 더군다나 신분이 북한의 간첩이잖아요?"

"그렇지요."

"북한군의 고정간첩이라면 정보를 북한으로 넘기는 것 외에 다른 목적이 있을 수도 있죠."

"어떤 거요?"

"유사시에 혼란을 유도하는 거요."

"혼란을 유도한다고요?"

"네. 사실 흔한 전략이죠."

간첩은 단순히 적에게 정보를 넘기는 역할을 하는 자라고 생각하기 쉽지만 사실 현대에서는 그건 의미가 거의 없다.

간첩을 보내 봐야 전산화된 한국 사회에 녹아드는 건 거의 불가능하고, 설사 잘 적응했더라도 그들이 할 수 있는 일은 한정되어 있다. 그런데 일반인이 접할 수 있는 정보는 이미 인터넷에 널려 있으니까.

"그러고 보니 전에 그런 말을 들은 것 같기는 하네요."

어떤 간첩이 자수한 적이 있는데, 그 이유가 황당하게 생활고였다.

원래 간첩은 북한에서 공작비라고 해서 돈을 지원받는다.

그런데 요즘은 반대로 여기서 돈을 벌어 북한에 보내야 하는 게 한국에 있는 고정간첩들의 현실이란다.

"그런 상황에서는 북한도 간첩에게 제대로 된 정보를 기대하지는 못하죠."

"그러면 남은 임무는 유사시에 국가 전복을 위해 극단적인 전략을 쓰는 거라는 말씀인가요?"

"네, 그럴 가능성이 높아요."

후방에 간첩 한 명만 있어도 그놈을 잡을 병력 수천 명을 투입해야 한다.

진짜 전쟁 중인 국가라면 그 인원을 빼는 것도 무리일 테고, 그로 인해 경제가 멈추면서 대혼란이 올 거다.

실제로 과거에 북한에서 간첩이 넘어왔을 당시에 예비군이 총동원되고 지역이 완전히 폐쇄당할 정도였으니까.

"하지만 그런 방법은 많지 않을 것 같은데요."

"아니에요, 많아요. 폭탄 테러도 가능하고요. 최악의 경우는 독가스 테러도 있어요."

"독가스?"

그 말에 노형진의 얼굴이 굳었다.

생각해 보면 아예 불가능한 일도 아니다. 총도 들여왔는데 독가스라고 못 들여왔겠는가?

실제로 한번 독가스 테러가 벌어질 뻔한 걸 노형진이 막은 적도 있다.

"독가스는 효율적인 학살 방법이니까요. 그리고 아시잖아요. 북한은 전 세계에서 가장 유명한 독가스 비축국 중에 하나죠."

지금이야 핵무장을 한다고 설레발치고 있지만 핵을 개발할 능력이 안 되던 시기에 북한은 독가스와 생화학 무기에 집착했었다.

독가스와 생화학 무기는 빈자의 핵폭탄이라는 별명이 있을 만큼 효과가 좋으니까.

노형진이 파리해진 얼굴로 김소라에게 물었다.

"만일 그게 터진다면……?"

"최소 몇천 명은 죽겠지요."

생각지도 못한 사이, 상황은 어느 때보다 심각해져 있었다.

죽는 그 순간까지

노형진은 당장 그 사실을 국정원에 알렸다.

그리고 국정원은 또다시 발칵 뒤집어졌다.

노형진의 말대로라면 그 피해는 예상도 못 할 정도일 테니까.

"미친 새끼들."

보고서를 살피는 국정원장의 손이 부들부들 떨렸다.

세 사람을 족쳐서 받아 낸 정보는, 단순히 돈만 받고 북한의 간첩이라는 걸 은닉해 준 수준이 아니었다.

부자들의 약점을 잡기 위해 마약 밀수에 적극 협조하고, 필요하면 국정원의 힘으로 문제를 무마해 왔던 것.

"이 루트를 통해 독가스가 들어왔다면?"

"가능성이 높습니다."

"높다? 지금 그걸 말이라고 하는 거야?"

국장의 얼굴은 창백하기 그지없었다.

마약도 아닌 독가스의 반입을 국정원 요원이 도와준 꼴이 되었기 때문이다.

"그래도 독가스가 없을 수도…….""

"없을 수도? 없을 수도? 지금 없겠냐?"

없을 수가 없다.

일본은 빠르게 공광태의 조직을 섬멸했다.

부하가 제법 많았다지만 휘하의 야쿠자들도 국가 반역 혐의까지는 원하지 않았기에 그의 집을 터는 것은 어려운 일이 아니었다.

공광태의 명령을 다른 부하들이 들어 처먹지 않았던 것이다.

일부 조총련계 인원을 제외하고는 도리어 경찰을 도와서 공광태의 집을 털었는데, 그 결과 지하실에서 적잖은 양의 독가스가 발견되어 일본이 발칵 뒤집어졌다.

유사시라는 게 한국에만 해당되는 게 아니니까.

한국과 북한 사이에 전쟁이 터지면 일본은 한국의 병참기지 역할을 수행할 게 뻔하기에 몰래몰래 독가스를 비축하고 있었던 것.

얼마나 교묘하게 숨겨 놨는지, 처음에는 일본 요원들도 그게 독가스라는 걸 알아차리지 못했을 정도였다.

"그런데 한국에 잘도 없겠다, 그치?"

국정원장의 말에 국장은 할 말이 없었다.

'어쩌다가…… 국정원이 이렇게 된 걸까?'

그는 진심으로 평생을 국정원을 위해 몸 바쳤다.

블랙 요원 시절 몇 번이나 죽을 뻔하고 북한도 몇 번이나 왕복하면서 오로지 조국을 위해 헌신해 왔다.

그런데 권력과 정치가 국정원에 개입하면서 상황이 바뀌었다.

국가와 국민이 아니라 특정 정당과 정치인을 지지하지 않으면 퇴출당하고, 미쳐서 쫓겨나고, 최악의 경우는 처분당하는 현실.

해외 감시 라인은 모조리 박살 나고 자국민을 감시하는 작금의 국정원은 그가 알던 그런 곳이 아니었다.

아니, 그것까지야 그렇다 치더라도, 범죄자와 결탁해서 마약을 밀수하고 독가스까지 반입하다니.

고인 물은 부패한다. 그게 정설이기는 하다.

생각해 보면 국정원은 너무 오래 고여 있었다.

단 한 번도 감사조차 받아 본 적이 없으니.

"그놈이…… 감춘 독가스가 얼마나 되는지 알 수 있겠어?"

"확인해 보겠습니다만……."

그렇게 말했지만 사실 방법이 없었다.

다른 놈도 아닌 국정원 요원이 저지른 일이다. 그들은 국정원이 어떤 방식으로 수사하는지 누구보다 잘 아는 고위직 요원들이었기에 제대로 정보를 지웠다.

"추적은?"

"그게…… 그 후에 이 잡듯이 뒤지고 있지만……."

간첩에게 있어서 추적을 뿌리치는 건 기본 중에 기본.

어떻게 해서든 찾아내려고 사방을 뒤지고 있었지만 방법이 없었다.

"빌어먹을."

그 말에 국정원장은 입술을 깨무는 것 말고는 할 수 있는 게 없었다.

⚖️

하지만 모든 사람에게 방법이 없는 건 아니었다.

노형진이 혹시나 하는 마음에 추적을 시작했던 것이다.

"이 능력은 오랜만에 써 보는데."

노형진은 자신의 사이코메트리 능력을 이용해서 공홍구를 추적해 볼 생각이었다.

노형진은 사이코메트리 능력을 최대한 자제하면서 쓰는 편이다.

상대방의 진실이나 정보를 얻을 수는 있지만 그걸 다른 사람에게 설명할 수 없기 때문에 재판에서 증거로 제시하기 위해서는 결국 다른 정보를 찾아야 하기 때문이다.

"하지만 이런 경우는 이야기가 다르지."

공흥구가 진짜로 일을 저지르려고 한다면 가만둘 수 없다.

더군다나 노형진이 보기에도 어차피 공흥구는 도망갈 수 있는 상황이 아니다.

국정원뿐만 아니라 군까지 총동원되어서 그를 추적하는 상황이니까.

공항에서는 아예 출국장에 사진을 뿌려 놔서, 다른 사람 명의로 여권을 만든 걸로는 통과될 수가 없다.

그리고 일본에서는 자국 내에서 독가스가 발견되었다는 사실 때문에 아주 대놓고 방송에 공광태와 공흥구의 사진을 올려 두고 있었다.

일본은 과거에 사이비 종교의 테러로 인해 독가스에 대한 공포심이 엄청나기 때문에 그 둘을 놔둘 수가 없는 노릇이기 때문이다.

"결국 북한으로 돌아가야 하는데, 그건 현실적으로 불가능할 테고."

노형진은 이미 폐쇄되어 버린 나인나인으로 향하며 말했다.

"왜?"

물론 나인나인에는 아무나 들어갈 수 없다.

이미 경찰과 검찰, 심지어 군까지 와서 싹 다 털어 냈다지만 그래도 만일을 대비해서 경찰이 지키고 있었기에 그 안에 들어가기 위해서는 오광훈이 필요했다.

"북한은 공식적으로 두 사람을 전혀 모른다고 말하고 있지. 사실 그 둘이 진짜 북한의 간첩이라는 증거는 없어. 그냥 간첩이라고 의심될 뿐이지. 문제는 그 차이가 제법 크다는 거야."

실제로 북한은 공식적으로 두 사람의 존재를 인정하지 않고 있다.

그건 당연한 거다.

지금 그들이 간첩이라고 주장하는 것도 한국과 일본의 극히 일부 세력일 뿐이다.

원래 첩보전이라는 게 그런 거다.

존재하지만 존재하지 않고, 일은 시켰지만 결코 인정하지 않는 것.

그런 상황에서 북한이 인정한다면 과연 어떻게 될까?

당연하게도 북한은 한국과 일본에 화학 테러를 시도한 나라가 된다.

북한이 아무리 막장 국가라고 해도 그 반동은 엄청날 게 뻔하고, 최악의 경우 국지전의 형태로 나타날 수도 있다.

문제는 국지전이라고 해도 북한은 한국과 일본에 처발릴 수밖에 없다는 것.

그렇다 보니 북한이 선택할 수 있는 카드는 단 하나뿐인 것이다. 바로 부정.

"이 상황에서 공흥구가 북한으로 도피한다면 북한에서 어떻게 하겠어?"

"뻔하네."

그나마 운이 좋으면 한국이나 일본으로 그대로 돌려보내지겠지만, 가장 가능성이 높은 건 그의 존재를 감추기 위해 아오지 같은 곳에 처박아 버리는 것일 게다.

그러나 운이 나쁘다면 들어가자마자 바로 모가지가 따이겠지.

"그러니 공흥구는 막 나갈 수밖에 없는 거지."

"북한이 자신을 버렸다는 걸 알면서도?"

"그걸 알기에 더 날뛸 수밖에 없는 거야."

선택지가 없으니까.

그러니까 악귀처럼 한 명이라도 더 지옥으로 끌고 가고 싶은 거다.

"너도 이런 타입들이 있다는 걸 알잖아?"

"끄응, 그렇지."

파멸의 순간 그런 현실을 받아들이기보다는 주변의 사람들을 한 명이라도 더 그 파멸로 끌고 가고 싶어 하는 놈들.

그런 놈들을 오광훈은 숱하게 봐 왔다.

"그러니까 찾아봐야지."

"아무것도 없을 텐데?"

"그래도 노력은 해 봐야지."

오광훈은 그 말에 더 이상 묻지 않았다.

그저 조용히 운전할 뿐이었고, 잠시 후 두 사람은 공흥구가 운영하던 나인나인에 도착할 수 있었다.

"진짜로 아무것도 없네?"

도착했을 때 보인 건 화려한 나인나인의 내부가 아니라 아상하리만치 내부 골조가 드러난 건물의 잔해였다.

"아무것도 없다니까."

국정원에서부터 경찰 국방부까지, 단순히 뒤지는 걸 넘어서 안을 박살 내서라도 뭐 하나라도 건지려고 했기 때문이다.

실제로 공흥구는 가짜 벽을 만들어서 총기와 수류탄을 감춰 뒀기에, 만에 하나 남은 총기와 수류탄을 찾아내기 위해서는 그게 유일한 방법이었다.

"이런."

문제는 그러다 보니 점점 파괴 활동이 커져서 사실상 내부에 남은 게 거의 없다는 점이었다.

'어쩐다?'

사이코메트리는 직접 접촉한 물건에만 사용이 가능하다.

이렇게 완전히 박살 난 건물에서는 읽을 수 있는 정보가 없다고 봐도 무방했다.

"도대체 뭐가 얼마나 나왔기에 이 지경이야?"

"소총이 120개, 수류탄이 360개, 탄약이 2만 발."

"미친! 그게 감추는 게 가능해?"

"오죽하면 건물을 이렇게 박살 내다시피 했겠냐."

아마도 소요 사태 발생 시에 국가를 전복하거나 혼란을 유도할 목적으로 사용될 무기들이었을 것이다.

'그런데도 불구하고 도망갔단 말이지.'

그 말은 화력이 부족해서 도망간 게 아니라는 의미였다.

노형진은 머리가 아파 왔다.

"이대로는 망했…… 아니다, 안 망했다."

"응? 뭔 소리야? 아무것도 없다니까."

"잠깐 기다려 봐."

확실히 이 건물의 내부는 모조리 박살 났고 혹시 몰라서 그런지 잔해까지 모조리 수거해 갔다.

하지만 이 건물 자체는 남아 있었다.

문제는 이 나인나인이라는 건물이 애초부터 클럽용으로 만들어졌다는 거다, 다른 건물을 클럽으로 개조한 게 아니라.

그 말은 이 건물을 지을 때 동원된 놈들이 있다는 뜻이다.

그런데 이런 곳에 총기를 숨기려고 할 때 과연 민간인을 동원했을까?

그랬을 리가 없다.

"잠깐만 기다려 봐. 총이 어디서 나왔는지 혹시 알아?"

"저기 플로어. 무대 아래."

그 아래로 향하자 제법 커다란 구멍이 나 있는 게 보였다.

"확실히 다르네."

"다르다고?"

"그래, 마감 같은 게 다른 곳과 달라."

무대 아래는 이중으로 구성되어 있었다.

사람이 다닐 만한 강철 문이 하나 있었는데, 그 아래에 은밀하게 만들어진 공간이 있었던 것이다.

그 아래로 들어가자 오랫동안 폐쇄되어 있어서 그런지 쇠냄새가 진동했다.

"이런 곳이라면 못 찾지."

확실히 그곳은 다른 곳과 다르게 투박했다.

공흥구와 동조하는 놈들, 아마도 고정간첩들이 만든 은밀한 공간이니 그럴 수밖에 없을 것이다.

"여기를 잠깐 살피고 있을 테니까 넌 주변을 좀 살펴 줄래?"

"거참, 아무것도 없다니까."

오광훈은 어쩔 수 없다는 듯 손전등 하나를 건네주고 주변을 살피러 갔다.

그사이 노형진은 안으로 들어가서 그놈들이 손으로 만졌을 만한 물건에 손을 대 보았다.

다행히도 처음 만들어진 이후로 누구도 손대지 않아서 그런지 기억을 읽는 것은 어렵지 않았다.

"여기가 언제 사용될지 모르겠군."

"위대한 조국의 위업을 위해 언젠가는 사용되겠지."

아니나 다를까, 여기저기에서 기억을 읽을 수 있었다.

하지만 기억 속의 인물들이 누구인지 알기는 힘들었다.

얼굴이야 읽을 수 있지만 그게 누구인지는 모르니까.

사실 중요한 건 그게 아니었다.

일단 중요한 건 공홍구였다.

그놈이 진짜 뭔 짓을 할지 모르는 상황이기 때문이다.

그렇게 여기저기의 기억을 읽고 다니는 그때, 드디어 원하던 정보가 나타났다.

"공 동지, 수원의 과업은 어떻게 되어 가오?"

"거기도 준비는 끝났습니다. 채워 넣기만 하면 됩니다."

"남도당 괴뢰들이 찾아낼 수 있는 곳은 아니겠지?"

"그럴 리가 없습니다. 집 한복판에 가스가 있을 거라고 누가 상상이나 하겠습니까?"

"공 동지만 믿소."

"조국을 위해서."

"김정은 수령 동지를 위해서."

그들의 기억을 읽으면서 노형진은 입을 쩍 벌릴 수밖에 없었다.

"이런 미친 새끼들이!"

사람들의 환호 그리고 열광으로 가득한 곳.

그 안에서 단 한 사람, 공흥구만은 어울리지 못하고 있었다.

'종간나 새끼들.'

행복해 보이는 모습.

아이들은 부모님의 손을 잡고 웃고 있고, 어른들은 그런 아이들과 즐거운 한때를 보내고 있다.

'나는 모든 걸 잃었는데! 너희들은 행복해?'

공흥구는 북한 태생이다. 철이 들기 전부터 살아남기 위해 몸부림쳐야 했다.

가족이 한꺼번에 공작원으로 선발되지 않았다면 아마도 굶어 죽거나 누군가에게 맞아 죽었을 것이다.

하지만 공작원으로 선발된 후에 일본에 들어가면서 인생이 바뀌었다.

한국이 아니라 일본에 들어간 이유는 간단했다.

일본은 한국처럼 개인의 정보를 철저하게 관리하지 않아 가짜 신분을 만들기가 어렵지 않기 때문이다.

그렇게 한번 신분을 세탁하고 이후 한국으로 가는 게 계획이었다.

그런데 그 와중에 아버지는 성공했지만 어머니는 암에 걸려서 죽어 버렸다.

그러나 슬퍼할 틈은 없었다.

북한에서 시킨 과업은 무거웠고, 해내지 못하면 모가지가 날아갈 테니까.

다행히 아버지는 야쿠자를 일궈서 성공했고 그걸 바탕으로 한국에 진출했다.

'그랬는데……'

모든 걸 잃어버렸다.

아버지는 최후까지 저항하다가 일본 경찰의 총에 맞아 죽었다.

일본에 갈 수도, 북한에 갈 수도 없다.

그랬기에 그는 마지막 분노를 담아서 문을 두들겼다.

"누구여?"

안에서 들리는 목소리.

"접니다."

그 순간 잠깐 침묵이 흘렀다.

"문 좀 열어 주시오, 동지."

동지라는 말에 대문이 힘겹게 열렸다.

노파 한 명이 서 있었다.

"들어오그라."

노파는 그를 들여보내 주면서 짜증스럽게 말했다.

"여기는 왜 왔나?"

"알지 않소? 피할 곳이 필요하오."

"그런 건 알아서 해야지. 네가 찾아오면 위대한 과업에 방해된다."

그 말에 공흥구의 얼굴에 비웃음이 떠올랐다.

'위대한 과업 좋아하네.'

노파는 한국에 파견된 고정간첩 중에서 가장 오래된 사람 중 한 명이었다.

한국에서 결혼해서 애까지 낳고 이제는 손자 손녀까진 본 인간이다.

그런 인간이 위대한 과업이라니?

유사시에 반란? 동지들을 신고나 하지 않으면 다행이었다.

"가스가 필요하오."

"헛소리! 그건 최후의 과업에서 쓸 물건이야. 그런 소리 하지 말고 당장 꺼지라."

노파는 흠칫하더니 어설프게 경고했다.

가스라는 말에서 공흥구가 뭘 하려는 건지 알아차린 거다.

"뭐, 그럴 거라 생각했소. 당에서는 나에 대한 처분이 결정되었을 테고."

그 말에 노파의 눈동자가 흔들렸다.

실제로 당에서는 그가 찾아오는 경우 처분하라는 명령을

내렸으니까.

"나도 곱게는 못 죽어."

공흥구는 감춰 두었던 소음총을 꺼내서 노파의 가슴을 향해 발사했다.

픽픽.

작은 소음이 들리고, 노파는 비명도 못 지르고 쓰러졌다.

공흥구는 그렇게 쓰러진 노파를 한번 발로 찬 뒤 천천히 집으로 들어갔다.

"어머니, 누구…… 억!"

아들로 보이는 남자가 나오자 공흥구는 그의 가슴에도 총알을 박아 넣었다.

"여보, 커억."

"어…… 엄마!"

아들과 며느리 그리고 손녀와 손녀까지 모조리 죽여 버린 공흥구는 주저하지 않고 마루를 뜯어내기 시작했다.

그리고 그 아래에 감춰진 작은 공간을 보며 눈을 번뜩였다.

"같이 죽는 거야, <u>흐흐흐</u>."

⚖

노형진은 심각한 얼굴을 하고 있었다.

처음 그들의 기억 속에서 본 가스는 사린일 거라고 생각했다.

시린은 농축되지 않아 간단하게 만들 수 있는 독가스로, 1차 대전뿐만 아니라 현대전에서도 사용되고 있기 때문이다.

그러나 공홍구가 가지고 간 가스는 신형이었다.

노형진이 경찰과 함께 가스가 감춰진 곳을 찾아 다급하게 달려갔을 때는 이미 집 안에 피 냄새가 가득했다.

그리고 가스가 숨겨져 있었던 것으로 보이는 곳은 이미 텅비어 있었다.

"환장하겠네."

그걸 본 오광훈은 눈을 찡그릴 수밖에 없었다.

죽은 사람들이 불쌍해서? 물론 그런 것도 있다.

하지만 그보다는 다른 이유가 컸다.

사라진 가스의 종류가 뭔지는 모르겠지만 막기도 전에 먼저 챙겨 갔기 때문이다.

"이건 심각하네요."

김소라는 특별히 이번 사건에 동참하고 있었다.

다른 프로파일러들도 있었지만 그들은 다 국가 소속이라 자신이 알아낸 정보를 노형진뿐만 아니라 심지어 검찰에게도 알려 주지 않으려고 했기 때문이다.

다행히 김소라는 실력이 있는 프로파일러였고, 오광훈의 힘으로 현장을 확인하고는 빠르게 정보를 추론해 낼 수 있었다.

"사람을 이렇게 고민 없이 죽인다는 건 이미 결심을 했다는 거예요. 그러니 살인이 시작되고 나면 걷잡을 수가 없어지는 거죠."

"이들도 간첩이라면서요? 죽어도 상관없는 거 아닌가요?"

"아마도 그건 아닐 거예요. 이 할머니는 간첩이 맞는 모양이지만요."

노형진은 정보의 출처를 CIA라고 밝히면서 노파의 정체를 비롯한 기억에서 얻은 정보를 건넸다.

하지만 그 자녀들은 간첩이 아닌 게 확실했다.

"중요한 건 간첩이라는 게 아니라 같은 간첩이 선공했다는 거죠. 그게 뜻하는 바는 간단해요. 북한에서도 공흥구에 대한 처분이 결정되었다는 거죠. 그리고 더 큰 문제는, 공흥구도 이제 그 사실을 알고 있다는 거고요."

뭘 해도 자신은 죽는다.

살아남을 방법은 없는 상황이고 모든 걸 잃어버렸다.

이미 사람만 열 명이나 죽였다.

그런 상황에서 사형은 피할 수 없다.

"그런 상황이니 극단적인 선택을 할 가능성이 더더욱 높다는 거죠."

"문제는 가스를 이용해서 어디서 살인을 저지를지 모른다는 거군요."

노형진은 쓰게 웃으며 말했다.

애석하게도 다른 건 손도 대지 않고 그냥 가스만 가지고 떠나갔기 때문에 어디서 뭘 어떻게 저지를지 노형진조차도 예상할 수 없었다.

"네, 맞아요. 어떤 가스인지는 모르겠지만요."

그게 뭐든 간에 터지는 순간 아마 수백 명이 죽어 나갈 거다.

"국정원은 뭐 하냐, 도대체?"

"말도 마라, 야. 그쪽도 난리다. 도대체가, 윗대가리는 병신들만 남은 거냐?"

국정원은 과거에 군 내부에서 북한군 간첩을 솎아 낸 적이 있다. 그래서 이번 상황에 더 큰 충격을 받았다.

황당한 것은, 국방부에서 국정원 감사를 자신들이 해야 한다고 길길이 날뛰고 있다는 거다.

국방부도 보안에 일가견이 있는 단체인 만큼 안전하다는 이유였지만, 그 진의는 이번 기회에 국정원을 길들이려는 것이었다.

"지금? 미친 거 아냐?"

문제는, 지금 시급한 건 감사나 조사가 아니라 미친놈을 잡는 거라는 거다.

그런데 두 정보 집단은 기득권을 지키겠다고 서로만 물어뜯고 있었다.

물론 이 순간에도 이곳으로 사람들이 미친 듯이 달려오고 있으니 권력 싸움을 하느라 아주 손 놓고 있는 건 아니지만, 인력 투입뿐만 아니라 적절한 지원도 필요하다는 게 문제였다.

그런데 정작 그 역할을 맡아야 할 윗대가리들이 권력 싸움에 눈이 멀어 지랄 발광을 하고 있으니 황당할 수밖에 없었다.

그런데 어째서인지 김소라는 쓰게 웃기만 했다.

"어찌 보면 당연한 일이죠."

"당연한 일이라니요?"

"공흥구는 간첩이에요. 현재도 흔적도 남기지 않고 도주하고 있고요. 그런 상황에서 체포에 실패한다면 그 책임은 그 작전을 수행한 집단에서 지게 되겠죠."

국방부 입장에서는 가만히 있어도 국정원이 알아서 독박을 쓸 상황이니 부지런하게 움직일 이유가 없고, 국정원 입장에서는 내부에 있는 새끼들 중 어떤 새끼가 북한 새끼인지 알 수가 없으니 섣불리 움직이지 못한다는 거다.

"환장하겠네."

오광훈은 고개를 절레절레 흔들었다.

고작 그런 이유로 국가를 지키는 두 개의 정보 집단이 소새끼 개새끼만 찾고 있어서 경찰과 검찰만 어떻게든 범인을 잡아 보겠다며 필사적으로 수색하고 있다는 소리니까.

"그리고 제가 아는 국정원이라면 아마 여전히 기밀 운운하면서 정보 제공을 거부할 것 같네요."

"그러고도 남죠."

국정원은 대한민국 건국 이후에 정보를 독점하면서 권력을 이어 온 집단이다.

조국의 안녕보다는 자신들의 실적과 권력에 집착하던 놈

들이 갑자기 돌변해서 정보를 제공할 거라고 보기는 힘들다.

"현실적으로 보면 가지고 있을 정보도 없을 테고요."

십수 년간 가정집에 독가스가 가득하다는 걸 모르고 있었다. 내부 방첩 시스템이 완전히 붕괴된 결과였다.

"어떻게 해서든 공흥구를 찾아야 하는데."

당면한 가장 큰 문제는 공흥구를 찾는 것이다.

"뭐라도 좀 있으면 좋겠는데."

노형진은 곰곰이 생각에 빠졌다.

공흥구는 과연 어떤 표적을 노릴 것인가?

"그러고 보니 여기에 있던 게 독가스라고 했었지요?"

"네, 맞아요."

"그러면 어디가 효율적일까요?"

대답은 뒤에서 들려왔다.

"그거야 당연히 사람들이 몰려 있는 곳이겠지요. 야외보다는 건물 내부일 테고요."

고개를 돌려 보니 한 남자가 서 있었다.

그 남자를 본 노형진은 눈을 찡그렸다.

"철수 씨였나요?"

"그때는 그렇게 소개해 드렸지요."

한때 잠깐 스치고 지나갔던 국정원 요원이 서 있었다.

"그냥 철수로 기억하시면 됩니다."

"네, 철수 씨. 국정원에서 이제 오신 겁니까?"

"일단은 제가 투입된 겁니다."

"일단은?"

"그게……."

스스로를 철수라고 소개한 요원은 긴 한숨을 내쉬며 말했다.

"계좌가 멀쩡한 놈들이 별로 없어서……."

"아아~."

아무리 국정원을 조사한다고 해도 은밀하게 이루어지는 그 수많은 작전을 다 캐 볼 수는 없다.

그랬기에 현 정부에서는 생각을 바꿔서, 국정원 요원 및 그 주변 인물의 계좌를 싹 다 털었다.

권력을 이용해서 이득을 챙기려고 했다면 정체 모를 돈이 들어온 기록이 있을 테니까.

문제는 그런 기록이 너무 많아서, 어떤 놈이 북한과 붙어 먹었는지 알 수가 없다는 거다.

외부에서 빌린 돈인지, 뇌물을 받은 건지, 정보를 해외에 팔아먹은 건지 당장은 구분할 방법이 없었기에 그런 놈들은 무조건 임무에서 배제하게 되었는데, 그러다 보니 투입할 수 있는 사람의 숫자가 얼마 없었다.

"그나마 다행인 건 제가 가스에 대해 아는 바가 많다는 거죠."

"그래요?"

"네. 그리고 저희가 생각했을 때 공흥구가 가지고 간 가스는 CSS 08이라고 불리는 생화학 가스일 겁니다."

"CSS 08이라고요?"

독가스에 대해서는 알지 못하는 노형진은 그의 말에 되물을 수밖에 없었다.

"네, 일본에서 발견된 가스와 동일한 가스라고 생각하고 있습니다. 굳이 위험하게 여러 가지 가스를 들여올 이유가 없으니까요."

비상시에 그걸 이용해서 사회 혼란을 야기하는 것이 그들의 목적이다.

당연하게도 그 과정에서 여러 가지 가스가 들어오면 관리도 복잡해진다.

"CSS 08은 상당히 안정적인 물질입니다. 실온에서는 증발하거나 하지도 않죠. 액상으로 존재하고요. 부식성도 그리 강하지 않습니다."

그렇다 보니 CSS 08은 어떤 용기로도 쉽게 옮길 수 있다.

"그러면 안전한 겁니까?"

"네. 특정 과정을 거치지만 않는다면요."

"특정 과정?"

"네. 염산과 접촉하지만 않는다면 말이죠."

"염산이라면 너무 흔한 물질 아닙니까?"

"그게 문제죠."

"농도는 상관없습니까?"

"그다지 상관없습니다. 청소용 염산만 돼도 충분히 가스가 발생할 겁니다."

염산은 쉽게 살 수 있는 물건 중 하나다.

요즘은 잘 안 쓰지만 여전히 청소용으로 염산을 사서 쓰는 사람도 있을 정도다.

염산이 찌든 때를 벗겨 내고 세균을 살균하기에는 아주 좋은 것으로 유명하니까.

"그리고 현재 상황을 보면 염산은 이미 확보한 것으로 생각해야겠지요."

얼굴이 알려지기 전에 먼저 염산을 확보하고, 그 후에 가스를 가져와서 몰래 섞으면 비극이 시작되는 거다.

"문제는 그게 어디냐는 건데."

그건 특정하기가 어렵다.

정말로 강남 한복판일 수도 있고 사람들이 모이는 장소일 수도 있다.

미국이 독가스라면 눈을 까뒤집고 추적하는 이유가 바로 이거다.

숨겨서 뿌리면 끝이라, 추적하기가 어려우니까.

"차량 같은 건요?"

"이미 확인 중입니다만 차량은 버려졌습니다."

공흥구는 이미 차량을 수차례 바꿔서 타고 다니고 있다.

애초부터 그만큼 차를 보유한 것은 아니지만 간첩으로 훈련 받은 공흥구에게 차를 훔치는 건 그리 어려운 일이 아니었다.

모든 차량을 훔칠 수 있는 건 아니지만 좀 오래된 모델의 차량을 노리면 되니까.

"훔친 차량은 특정하지 못하나요?"

"계속 노력 중입니다만……."

요원의 안색이 어두워졌다. 쉽지 않다는 뜻이다.

"현재 세 번째 차량까지는 추적했습니다."

"벌써요?"

"용의주도합니다."

확실히 공흥구도 필사적이기는 하다.

사건이 터진 지 하루도 되지 않았는데 벌써 세 번째 차량을 바꾸다니.

그 말에 차량에 접근할까 생각하던 노형진은 고개를 흔들었다.

'의미가 없겠지. 접근도 못 할 테고.'

자신에게 사이코메트리 능력이 있다고 말해 줄 수는 없다.

믿지도 않을 테고, 설사 믿는다 해도 온갖 더러운 일에 동원하려고 하거나 실험하려고 할 가능성이 높으니까.

더군다나 차량은 훔친 물건이다.

거기다 차를 계속 바꾸고 있으니 차 안에 중요한 증거를 흘렸을 가능성은 낮다.

설사 증거를 남겼더라도 국정원에서 이 잡듯이 뒤지고 있는 이상 자신에게까지 전해지지는 못할 테고.

'차량을 계속 바꾸면서 도망간다라……. 그런데 어디로?'

문득 노형진은 그런 생각이 들었다.

잡히지 않기 위해 필사적으로 차를 바꾸고 있지만 어차피 도망갈 곳이 없는 상황이다.

그렇다면 어디로 갈 것인가?

애초에 공홍구는 삶을 포기하고 막 나가고 있다. 이게 도주일까?

그럴 리가 없다. 지금 공홍구는 가능하면 한 명이라도 더 죽이고 싶어 한다.

"잠깐 차를 발견한 장소를 확인할 수 있을까요?"

"그거야 어렵지 않습니다만."

노형진에게 발견한 장소를 찍은 사진을 보여 주는 철수 요원.

사진을 살피던 노형진은 돌연 얼빠진 목소리로 물었다.

"CSS 08이 독가스라고 했죠?"

"네."

"그게 어느 정도 파괴력을 가지고 있습니까?"

"숨겨진 공간에 있던 양으로 생각하면 못해도 반경 2킬로미터는 오염시킬 수 있을 겁니다. 특히 기화가 시작되면 더더욱 빠르겠지요."

염산이 섞이는 순간 빠르게 기화하면서 순식간에 최소 반경 2킬로미터를 지옥으로 만든다는 소리다.

"그러면 밀폐된 공간에서 효과를 발휘하겠네요?"

"그렇지요?"

"어, 이런 씨팔?"

노형진의 입에서 흔치 않게 욕이 튀어나왔다.

노형진은 그다지 욕을 좋아하지 않는다.

품위나 품격 운운하는 건 아니지만 욕으로 감정을 쉽게 표현하면 나중에 다른 감정도 욕으로만 표현하게 된다고 생각하기 때문이다.

하지만 그런 노형진조차도 이번에는 욕을 하지 않을 수가 없었다.

"왜 그러십니까?"

"실내에다가 사람이 굉장히 많은 공간이라면 큰 건물 아닙니까?"

"네. 그게 문제입니다. 그런 빌딩이 한두 곳이 아니라서요."

요원의 말에 노형진은 고개를 흔들었다.

물론 빌딩도 그런 구조다.

하지만 현실적으로 빌딩은 공흥구가 원하는 만큼의 결과가 나오지 않을 거다. 각 층이 격리되어 있으니까.

"하지만 여기라면 이야기가 달라지죠."

"여기?"

노형진이 가리킨 곳을 본 요원을 비롯한 사람들의 얼굴이 하얗게 질렸다.

하남 라이트 필드.

초대형의 건물로, 개방형 상가 집단이다. 그리고 그곳은 완전히 밀폐되어 있다.

층별로 구분되어 있지만 계단과 바닥은 구분되어 있지 않고 가운데는 완전히 뚫려 있다.

"여기는 환기 시스템도 같이 쓰죠?"

"네, 그렇게 되면……."

만일 여기서 터트린다면? 밀폐된 공간에 순식간에 독가스가 퍼질 거다.

"오늘 주말이잖아요?"

김소라는 얼굴이 사색이 되었다.

라이트 필드 정도 되는 건물에 얼마나 많은 사람들이 몰려들 것인가? 2만? 3만?

"여…… 여기가 아닐 수도 있잖아? 그렇지?"

"어…… 안 그럴 것 같은데?"

노형진은 심각한 얼굴로 말했다.

그럴 수밖에 없는 게, 지금 추적된 차량들의 위치가 죄다 그 주변이니까.

정확하게는 조금씩 멀어졌다가 가까워졌다가 하는 편이지만 라이트 필드를 기준으로 보면 아주 멀지는 않은 위치였다.

"아니, 어째서? 그냥 가도 되는 거 아니야? 그러니까……."

"시간이 문제군요."

애써 부정하고 싶어 하는 오광훈에게 김소라가 참담하게 말했다.

"지금 시간이 아침 10시 30분이에요. 아직 라이트 필드가 열릴 시간은 아니죠."

정확하게는, 열긴 했겠지만 아마 사람은 그다지 많지 않을 거다.

조금 일찍 나온 사람들이나 영업을 위해 출근한 사람들만 있을 시간.

"가장 사람이 많은 시간이 한 2시나 3시쯤이겠지요?"

노형진은 심각한 목소리로 물었고 김소라는 고개를 끄덕거렸다.

"맞아요. 그 시간이 피크일 거예요."

최고로 사람을 많이 죽일 수 있는 시간.

그 시간까지 숨어 있기는 힘들다. 이 잡듯이 자신을 찾을 테니까.

그렇다면 방법은?

"차라리 움직이면 추적은 힘들지요."

그 말에 철수 요원의 얼굴이 딱딱하게 굳었다.

모든 도로를 막고 검문검색을 할 수는 없으니까.

"그러면 이놈이 정말로……."

라이트 필드를 노린다면 어떻게 막을 것인가?

"당장 도로를 막고 검문을 하겠습니다."

"소용없을 겁니다."

시간상 지금이라면 이미 라이트 필드에 들어갔을 가능성이 크다.

"그러면 지금이라도 거기에 가서 수색해야 하나요?"

"가능하겠습니까? 만일 수색하다가 걸리면요?"

"……."

아마도 바로 가스를 터트릴 거다.

"가장 좋은 방법은 현장에 사람을 은밀하게 투입하는 겁니다."

"하지만 어떻게요?"

"군대를 이용하는 거죠."

"군대? 그게 더 걸릴 것 같은데요."

"군대를 걸리게 하는 게 목적입니다."

노형진은 혹시 모를 상황을 방지하기 위해 공흥구를 최대한 안심시켜야 한다고 생각했다.

그래야 피해자가 생기지 않을 테니까.

"주변에 군대가 어디가 있죠?"

⚖

공흥구는 몰려가는 군용 차량을 보며 속으로 미소 지었다.

'멍청한 놈들. 엉뚱한 곳으로 가는군.'

다행히 자신이 향한 방향을 엉뚱하게 추측한 건지 군대는 모조리 엉뚱한 방향으로 향하고 있었다.

그래서 공흥구는 어렵지 않게 하남 라이트 필드로 향할 수 있었다.

하지만 그는 몰랐다.

자신이 이미 함정에 빠져들고 있다는 사실을.

그가 몰랐던 사실은 감시 카메라의 설치가 생각보다 훨씬 쉽고 빠르다는 거다.

그렇기에 노형진 일행은 라이트 필드에 방문하는 모든 차량이 출입 기록과 주차 문제로 차량 번호를 찍는 점을 이용해 그 근처에 감시 카메라를 사람의 얼굴이 보이는 각도로 설치해 공흥구가 입장하는지 확인하게끔 했다.

"E3 입구로 들어왔습니다. 어떻게 할까요?"

"일단 주변을 확인하세요. 다른 특이 사항은 없지요?"

"네, 없습니다."

"지금부터 E3 입구는 폐쇄합니다."

혹시나 주변에 민간인이 있어서는 안 되기에 철수 요원은 당장 해당 입구를 폐쇄하라고 명령을 내렸다.

그리고 공흥구의 차량을 계속 추적하는 차량을 바라보았다.

"노 변호사님 말대로군요. 완전히 방심하고 있어요."

"군대가 모조리 서울로 움직였으니까요."

사실 조금만 생각해 보면 이상할 수밖에 없는 상황이다.

왜냐하면 하남 라이트 필드의 주변에는 군부대가 없으니까.

하지만 조급했던 공흥구는 그걸 보고 북쪽에 있던 부대가 서울 시내로 들어가고 있다고 생각한 것이다.

실제로 그 생각은 틀리지 않았다. 안전을 위해 상당수 병력을 서울로 보내는 쇼를 했으니까.

그도 그럴 것이, 아무리 훈련받은 병력이라지만 일반 병사들을 라이트 필드에 넣을 수는 없기 때문이다.

감추고 싶어도 그 특유의 짧은 머리를 공흥구가 못 알아볼 리가 없으니.

그래서 노형진은 다른 방식으로 그놈을 함정에 빠트리기로 했다.

"내리는 순간이 기회입니다."

노형진은 화면에 시선을 고정한 채 침을 꿀꺽 삼키며 말했다.

"아시겠지만 현장에서 사라진 물건의 크기는 생각보다 큽니다."

가로 50센티, 세로 30센티 정도의 물건.

거기다 그건 독가스다. 당연히 액화되어 있을 테니 무게가 결코 가볍지 않을 거다.

"그렇다면 그걸 다른 좌석에 둬야 합니다."

영화나 드라마에서는 처음부터 물건을 들고 내리는 장면을 멋있게 연출하지만 커다란 독가스 용기를 그렇게 쉽게 들고 내릴 수는 없다.

"당연하게도 독가스를 꺼내기 위해서는 운전석에서 내려서 다른 좌석의 문을 여는 과정이 필요하고요."

바로 그 타이밍을 노리기 위해 노형진은 주차장 곳곳에 특수부대와 저격수 등 총을 쏠 수 있는 사람들을 배치해 놨다.

어차피 이런 주차장은 대부분 큰 공간이기에 사람만 충분하다면 장거리에서 저격하는 게 어렵지 않으니까.

더군다나 대부분의 차량이 선팅 하기도 하고, 의자를 최대로 젖히고 숨어 있으면 위치상 안쪽을 볼 각도가 확보되지 않기에 공흥구가 주차장 곳곳에 숨어 있는 저격수들을 찾기는 힘들다.

"공흥구가 차를 댑니다."

그사이 공흥구가 한곳에 차를 대기 시작했다.

그런데 그 모습을 본 사람들은 하나같이 당혹감을 감추지 못했다.

"전혀 예상하지 못한 위치에 대는데요?"

사실 노형진은 김소라와 이야기해서 주차할 수 있는 공간을 조정했다.

방법은 간단하다. 공흥구가 오기 전에 미리 그가 차량을 댈 만한 좀 넓은 공간을 확보해 두면 된다.

한 세 대쯤 댈 수 있는 공간이 있다면 그곳에 차를 대는 게 낫다. 다른 곳에는 빼곡하게 주차되어 있어서 차를 대기가 거추장스러우니까.

더군다나 차량에서 커다란 짐을 꺼내기 위해서는 공간이 좀 있는 편이 유리하다.

그래서 공홍구가 오기 전까지 적당한 위치 몇 곳을 사람들이 지키고 있다가 공홍구가 확인되자마자 그 사람들을 대피시켰다.

그래서 당연히 그런 넓은 곳에 댈 거라 예상했는데, 공홍구는 사람들을 피하려는 본능 때문인지 하필이면 구석의 좁은 자리로 가서 차를 댔다.

문제는 그 위치가 저격수들이 총을 쏘기 힘든 구석진 기둥 뒤라는 거다.

"이런 젠장. 가장 가까운 요원이 누구야?"

"어…… 오광훈 검사입니다."

"뭐? 오 검사? 그 사람…… 총 쏠 줄 알아?"

철수 요원의 얼굴이 사색이 되었다.

넘쳐 나는 게 전문 요원인데 하필이면 오광훈 검사라니.

"글쎄요."

다들 침을 꼴깍 삼켰다.

최악의 경우 오발 사고라도 나면 가스가 터질 수도 있다.

"나름 잘 쏘기는 하지만……."

하지만 노형진은 다른 걱정이 들었다.

"쏠까요?"

"응?"

"안 쏠 것 같은데요."

그게 더 걱정이었다.

"아니, 개새끼. 왜 하필 내 자리야?"

구석에 차를 대고 그 안에 숨어 있던 오광훈은 자신의 옆자리에 차를 대는 공흥구를 보고 저도 모르게 욕을 내뱉었다.

넓은 자리를 두고 굳이 자신이 배치된 곳에 차를 대는 이유가 뭐란 말인가?

애초에 검사인 그가 구석에 배치된 이유는 현직 요원들이나 군인들보다 전투력이 떨어지기 때문이다.

그렇다고 아예 제외하자니, 라이트 필드는 넓은데 인원은 부족해서 어렵고.

그래서 공흥구가 주차할 가능성이 가장 낮은 후미진 곳에 배치된 건데 하필이면 바로 그 옆이라니?

'내려서 쏴야 하나?'

오광훈은 잠깐 고민했다.

확실히 그것도 한 방법이다.

하지만 그러기에는 공흥구 역시 무장하고 있다는 점이 영 꺼림칙했다.

만일 총격전이라도 벌이다가 진짜로 가스통에 구멍 나면

여기에 있는 사람들은 싹 다 죽을 수도 있다.

그러나 가장 큰 문제는 공흥구가 원격으로 가스를 터트릴 수도 있다는 거다.

정부에서는 가능하면 생포를 원하는데, 공흥구가 원격으로 가스를 터트릴 수 있다면 총을 쏘거나 해서 제압하는 건 위험하다.

'아, 그냥 대가리에 쏴 버리면 편한데.'

그러나 정부에서는 어떻게 해서든 잡고 싶어서 굳이 생포를 외치는 상황.

'잠깐만, 굳이 쏠 필요 있나?'

오광훈은 문득 좋은 생각이 들었다.

총으로 쏘는 게 편하긴 하지만 확실한 방법은 아니다.

오광훈은 잠깐 고민하다가 무릎 위에 둔 총을 슬쩍 아래로 감췄다. 위험하지만 일단 도발할 생각이었다.

"후우~."

오광훈은 일단 심호흡했다. 그리고 있는 힘껏 문을 활짝 열었다.

당연하게도 이런 주차장은 공간이 좁기 때문에 차의 문을 활짝 열면 소위 말하는 '문콕 테러'를 하는 꼴이 된다.

쾅!

차에서 내리려던 공흥구는 '쾅!' 하고 차가 울리자 눈을 찌푸렸다.

그러다 옆 차에서 내리는 남자의 행태를 보고는 기가 막혔다.

"아이고, 죄송합니다."

오광훈이 아주 뻔뻔하게 그리고 천연덕스럽게 차에서 내려서 공흥구의 차량의 문짝을 확인하고 있었던 것이다.

"제가 마음이 급해서 그만……."

"끄응."

그렇잖아도 예민한 판에 생각지도 못한 상황이 벌어지자 공흥구는 짜증이 났다.

하지만 섣불리 화를 내거나 할 수는 없었다.

오랜 간첩으로서의 경험상 튀는 행동을 하면 안 된다는 걸 아니까.

더군다나 상대방의 행동을 보니 자신이 누군지 모르는 모양이다.

하긴, 방송에 나가고 난리가 났다지만 모든 사람이 자신의 얼굴을 알지는 못할 것이다.

"괜찮습니다. 뭐, 그러실 수도 있죠."

"아니, 그래도……."

오광훈은 미안한 듯 공흥구에게 다가갔다.

"보험 처리라도 해 드릴까요?"

"아니요. 그러실 필요는 없습니다. 보시다시피 그냥 막 타는 차니까요."

물론 이 차는 공흥구의 차가 아니기에 신경 쓰지 않는 거다. 어차피 더 이상 탈 일도 없고 말이다.

하지만 그의 말대로 상당히 오래된 모델의 차량이기에 여기저기 흠집이 있기는 했다.

"그래도 죄송한데……."

"신경 쓰지 마세요."

크게 사고가 난 것도 아니고 '문콕' 당한 정도니까.

"그러면 저기, 여기 명함이라도……. 죄송합니다. 나중에라도 연락을 주시면 배상해 드리겠습니다."

오광훈은 품에서 명함을 꺼내 공손하게 건넸다.

물론 그가 건넨 명함은 검사 명함은 아니었다.

평소에 대충 받아서 주머니에 쑤셔 넣어 둔 가게 홍보용 명함이었다.

"삼삼갈비탕?"

"네, 제가 작은 갈비탕 가게를……."

대충 명함만 받고 보내야겠다는 생각에 공흥구가 손을 내미는 순간이었다.

돌연 오광훈이 그의 손을 꽉 잡았다.

간첩으로서 훈련받은 공흥구는 뭔가 이상함을 느끼고 저항하려 했지만 막싸움은 오광훈이 더 전문이었다.

공흥구는 자신을 지키기 위해 본능적으로 엎어 치려고 했다. 하지만 엎어 치기에는 그들이 서 있는 차와 차 사이의 공간이 너무 좁았다.

그 틈을 타 오광훈은 재빨리 공흥구의 머리를 부어잡고 그대로 차량 지붕에 내리찍었다.

"뒈져!"

"크억!"

"뒈져! 뒈져, 이 새끼야! 좀 뒈져라!"

쾅! 쾅! 쾅! 쾅!

오광훈은 주저하지 않았다.

아무리 자신이 공흥구의 한쪽 손을 잡고 있다지만 공흥구가 다른 손으로 버튼을 누르면 다 같이 죽으니까.

다행히도 공흥구는 본능적으로 남은 한 손으로 자신의 얼굴을 보호하려고 했다.

그러나 작심하고 내리찍는 오광훈의 손을 이겨 낼 수는 없었다.

"그어억!"

순식간에 얼굴이 피범벅이 된 공흥구.

오광훈은 거기에서 끝내지 않았다.

"이 새끼 뒈져라, 좀!"

정신 못 차리는 공흥구를 차량 사이에서 끌어낸 오광훈은 그를 깔아뭉개고 얼굴을 후려치기 시작했다.

"좀 뒈져라. 응? 뒈지라고!"

"진정하세요! 진정!"

그때 요원들이 다급하게 달려왔다.

그리고 그중 두 사람이 오광훈을 끌어내고 나머지 사람들은 공흥구의 팔다리를 힘으로 찍어 눌렀다.

"뒈져!"

"그래, 뒈져!"

"아니, 진정하시고! 죽이라는 말이 아니라 품 안에 있는 걸 다 뒤져서 찾으라고!"

그렇잖아도 요원들은 이미 공흥구의 품을 뒤져서 버튼이 달린 거라면 뭐든 다 꺼내고 있었다.

아니, 버튼 달린 것뿐만 아니라 닥치는 대로 다 꺼내고 있었다.

혹시나 신발에 뭐가 있을까 싶어서 신발까지 벗겨서 멀리 던져 놨다.

그사이에 다른 요원들이 와서 차량의 창문을 부수고 안을 수색하기 시작했다.

"여기 있다."

아니나 다를까, 크기가 있어서 그런지 트렁크 안에 있던 물건이 발견되었다.

요원들은 전파가 완전히 차폐되도록 납으로 도금한 천으로 빠르게 그 물건을 싸맨 뒤, 혹시 모를 다른 놈의 발신도 막아 버렸다.

"후우~."

"으으으……."

그사이에 코가 뭉개지고 이빨이 모조리 박살 난 공흥구는 신음을 흘리며 꿈틀거렸지만 그에 돌아온 건 치료의 손길이 아닌 오광훈의 구둣발이었다.

퍽!

"켁."

결국 요상한 소리를 내면서 쓰러지는 공흥구를 보며 노형진은 쓰게 웃었다.

"개판이네, 아주."

결국 공흥구는 국정원으로 끌려갔고 다행히 가스가 터지는 일은 없었다.

그리고 이런 일이 외부로 공표될 일도 없었다.

"국정원이 난리가 났다면서요?"

철수 요원은 노형진과 오광훈을 찾아와서 마지막 이야기를 하고 있었다.

"털기 시작하니까 끝이 없더라고요."

실제로 북한과 붙어먹은 놈은 많지 않았지만 중국이나 러시아와 붙어먹은 놈들이 적지 않았던 것.

그놈들을 쳐 내기 시작하자 피바람은 단순히 국정원 내부에서만 끝나지 않았다.

그들은 몰래 한국 정치인들의 약점을 중국과 러시아에 넘겨줬고, 그들은 그런 약점으로 해당 정치인을 협박해서 이용해 먹고 있었기 때문이다.

"아마 국정원은 상당 기간 시끄러울 겁니다."

"시끄럽기는 개뿔. 할 줄 아는 거라고는 국내 감시 말고는 없으면서."

그 말에 철수 요원은 쓰게 웃었다.

농담이 아니라 실제로 해외 감시 라인은 초토화된 지 오래다.

전 정권과 그 전 정권에서 해외 감시 라인을 박살 내고 그 인원으로 한국 내 정적에 대한 감시를 늘려 왔기 때문이다.

결과적으로 지금 문제를 일으키는 놈들은 그 당시에 돈맛을 보면서 정치인들의 약점을 잡은 놈들이었다.

국가와 국민이 아니라 정치와 권력을 충성의 대상으로 삼은 놈들 말이다.

"그래도 이빨을 박살 내신 건 너무했습니다. 남은 이빨이 얼마 없어서 죽만 먹고 살게 생겼다고 하더군요."

"뭐, 틀니라도 해 주시든가요."

오광훈이 시큰둥하게 대꾸했다. 그러더니 무슨 생각을 했는지 히죽 웃었다.

"아니면 제가 맘에 안 드니 기자회견이라도 한번 할까요?"

그 말에 철수 요원은 고개를 좌우로 흔들었다.

공식적으로 이 사건은 도주 중인 고정간첩을 체포한 것으로 되어 있다. 그것까지 감출 수는 없으니까.

그런데 오광훈에게 상해의 죄를 물겠다고 징계하면 어떻게 될까?

아마 한국 내부에 독가스가 들어와 있었다는 사실이 알려질 테고 그 원인이 국정원의 무능이라는 것도 소문날 거다.

아마 그때는 국정원이 박살 나는 걸 넘어서 사라질지도 모른다.

그 사실을 알기에 국정원에서는 오광훈을 건드릴 수가 없었다.

"그냥 다음번에는 이빨만 좀 남겨 주세요."

"다음번?"

"이런 문제를 같이 처리할 수 있는 검사는 많지 않으니까요."

노형진은 그 말에 눈을 찡그렸다.

"설마? 오 검사를 공안 검사로 삼겠다는 겁니까?"

"현실적으로 방법이 없습니다. 아시겠지만 공안 검사들이 국정원과 아주 밀접한 관계를 맺어 왔으니까요."

문제는 소위 공안 검사라는 놈들은 대부분 진짜 간첩을 체포하는 게 아니라 간첩을 만드는 데 특화되어 있다는 거다.

이번 사태로 인해 다수의 국정원 요원들이 날아가면서 공안 검사들도 마치 낙엽 떨어지듯이 후드득 떨어지고 있는 상황.

"간첩 사건은 보안과 실력이 필수죠."

그리고 오광훈은 자신의 실력을 보여 줬고, 중요한 사항에 대해서는 입을 다물 줄도 안다.

"공안 검사라……. 난 공안 검사는 싫은데."

애초에 공안 검사라는 작자들이 뭘 하는지 아는 오광훈이기에 쓰게 웃었지만 거절은 하지 않았다.

철수 요원의 말대로 누군가는 해야 하니까.

정치꾼이 그걸 잡고 병신 짓을 하는 걸 보느니 차라리 자신이 알아서 하는 게 낫다고 생각한 오광훈은 손을 내밀었다.

그 손을 맞잡으며 철수 요원은 웃었다.

"잘 부탁드립니다."

하지만 오광훈은 그저 쓰게 웃을 뿐이었고, 그 모습을 지켜보던 노형진도 생각지도 못한 결과에 고개를 절레절레 흔들 뿐이었다.

보험 같은 소리 하고 자빠졌네

삶은 이해할 수도 없고, 그렇다고 예측할 수도 없다.

대표적인 예가 바로 노형진과 손채림이었다.

원래 역사에서는 졸업 이후 단 한 번의 접점도 없었던 두 사람이지만 지금은 부부라는 이름으로 같이 살아가고 있다.

"그래서 어머님은 뭐라셔?"

함께 장을 보고 돌아가는 길. 생각지도 못한 말에 노형진은 살짝 놀랐다. 손채림의 아버지인 손하균이 어머니에게 연락했다는 사실 때문이었다.

"뭐라긴. 혼자서 살다 뒈지라 했다던데?"

"어쩐 일로 아버지가 너희 어머니한테 전화를 다 하셨대?"

물론 가뿐하게 씹으셨다지만 말이다.

"마음이 약해지신 거 아니야?"

"그 인간이? 하, 내가 봐서는 아닐걸."

손채림은 단호하게 말했다.

수십 년을 봐 온 아버지이기에 누구보다 잘 안다.

"아마 염탐하는 걸 거야."

"염탐?"

"자기를 버리고 잘 사는 꼴을 보고만 있을 아버지가 아니니까."

"그렇다고 대놓고 연락을 한다고?"

"나도 염탐하는데, 뭘."

"끄응."

"그런 인간이야. 혼자서 자기가 버림받았다고 복수를 부르짖으면서 이를 박박 갈고 있겠지."

"그런데 생각보다 조용한데?"

"엄마랑 이혼하면서 재산을 적잖이 털렸잖아."

손하균은 이혼하면서 재산을 제법 많이 뜯겼다.

법무 법인 태양의 권리를 지키기 위해 재산의 대부분을 줘야 했고, 현금성자산은 거의 털리다시피 했다.

권력이라는 것은 단순히 자리에서 나오는 게 아니라 돈에서도 나온다. 당연하게도 돈을 날려 버린 손하균은 상당히 힘이 빠졌다.

"그래도 법무 법인 태양의 파워가 어디 가진 않을 텐데?"

"왜 그러세요. 그 태양의 파워를 반 토막 낸 게 너잖아."

"내가?"

"법무 법인 태양이 어떻게 힘을 키웠는데? 전 정권에서 소송 싹쓸이한 거 기억 안 나?"

"아, 그랬지."

"그리고 그걸 박살 낸 건 너잖아."

단순히 대통령인 홍안수만 박살 낸 게 아니었다.

그 당시에 관련된 모든 사람들을 박살 냈는데, 당연히 법무 법인 태양이 만들어 둔 카르텔 역시 대부분 박살 났다.

"검사에서부터 판사까지 대부분 너한테 걸려서 박살 났을걸."

"내가 원해서 그런 건 아닌데."

"어찌 되었건 태양이 힘 빠진 건 사실이지."

본래 대한민국 로펌 서열 2위까지 했던 태양이다.

하지만 쿠데타로 조직이 날아간 후로 빠르게 무너지기 시작했다.

법률계에서 태양이 홍안수 일파와 친한 걸 모르는 사람은 없었고, 다른 것도 아니고 쿠데타 관련 사건이라 혹시라도 불똥이라도 튈까 두려웠던 거대 기업들이 모조리 손절 했기 때문에 태양은 이제 30위권도 아니고 50위권에 간신히 턱걸이를 하고 있었다.

그에 반해 새론은 빠르게 성장해서 과거 태양의 자리인 2위를 차지하고 있었다.

"하여간 그러니까 경계하는 것 같아."

"내가 보복할까 봐?"

"자기라면 하거든."

노형진은 그 말에 쓰게 웃었다.

자신은 굳이 태양, 아니 손하균에게 보복할 생각이 없었으니까.

물론 그가 자신을 반대한 것도, 또 좋지 않게 본 것도 사실이지만 그렇다고 해서 사생결단을 내야 할 정도로 선을 넘어서 싸운 적은 없었다.

"넌 후회 안 해?"

"무슨 후회?"

"거기서 살았으면 누리고 살았을 거냐?"

"지금은 뭐 안 그러냐, 마이스터 씨? 내가 원하면 달은 못 따 줘도 위성 하나는 쏴 줄 수 있으면서."

솔직히 자금력만 본다면 노형진을 이길 사람은 거의 없다시피 하다.

다른 사람들은 그 자금력이 회사라는 곳에 묶여 있지만 노형진의 경우는 개인의 현금이 어마어마한 수준이니까.

"그래도 초반에는 고생이 많았잖아."

"그렇기는 한데, 난 아빠라는 이유로 내 인생을 비싸게 팔아먹고 싶어 하는 사람하고 살고 싶지는 않았거든."

"쯧."

"오죽하면 내가 길치가 되냐?"

"틀린 말은 아니다만."

어릴 적 손채림은 길치였다.

금이야 옥이야 키우는 바람에 버스는커녕 택시 한번 못 타게 해서 지도를 보는 방법 자체를 못 배웠기 때문이다.

다행히 지금은 멀쩡하게 잘 다니지만 말이다.

"나는 내 선택을 후회하지 않아. 내가 선택한 길이야. 남이 아니라 나 스스로 말이야."

손채림은 노형진을 보며 미소를 지었다.

그 순간 강력한 충돌이 두 사람이 탄 차를 덮쳤다.

"끄으응."

신호에 걸려서 대기하고 있던 두 사람이었기에 차는 순식간에 밀리면서 앞차를 들이받았고, 그에 따라 줄줄이 차들이 밀려서 추돌할 수밖에 없었다.

"도대체 뭔 지랄 같은……."

노형진은 '끄응' 소리를 내면서 차에서 내렸다.

생각보다 강력한 충돌이었기 때문에 노형진은 뒤에서 무슨 일이 벌어졌는지 금방 알 수 있었다.

"아니, 왜 여기에 서 있어요?"

택시에서 내린 기사가 도리어 적반하장으로 화를 내자 노형진으로서는 기가 막힐 노릇이었다.

"네?"

"여기에 왜 서 있느냐고?"

"아저씨, 저 신호 안 보여요?"

"대충 눈치껏 빠져나가야지! 오는 차도 없구만."

"뭔 소리예요? 신호를 왜 위반해요?"

도리어 목소리를 높이는 택시 운전기사를 보며 노형진은 고개를 절레절레 흔들었다.

'아, 또 병신 같은 놈한테 걸렸네.'

종종 이런 사람들이 있다. 일단 교통사고가 나면 무조건 언성을 높이는 사람들 말이다.

"아저씨, 여기 학교 앞이에요! 미쳤어요?"

학교 앞에서 얼마나 빠르게 과속했으면 무려 사중 추돌 사고가 나겠는가?

하지만 택시 운전기사의 태도는 여전히 뻔뻔하기 그지없었다.

"아니, 애들 다니는 시간도 아니고 그렇다고 차가 오는 것도 아닌데 적당히 갔어야지."

이런 식으로 언성을 높이면 다 해결된다고 생각하는 사람들이 있기 때문에 노형진은 고개를 절레절레 흔들었다.

"아, 다 필요 없고, 경찰 부릅시다."

어차피 여기서 싸워 봐야 언성만 높아질 뿐이니 차라리 경찰을 불러서 처리하는 편이 낫다.

"아, 불러. 보험 처리하면 그만이야."

그 말에 노형진은 갑갑한 마음이 들어 기사를 불렀다.

"아저씨."

"뭐야?"

"이거 아저씨 과실 100%예요. 무슨 소리인지 알죠? 아저씨가 앞의 차 세 대 다 배상하셔야 해요."

"뭐? 내가 왜? 미쳤어? 앞의 차는 네가 박았지 내가 박았냐?"

언성을 높이는 택시 운전기사.

그런 운전기사를 보면서 노형진은 기가 막혔다.

"법이 그래요."

"버업? 그래, 네가 얼마나 잘났는데 법을 찾아? 그래, 법대로 해! 법대로 하라고!"

"법대로 할 겁니다. 그리고 저 변호사라서 법을 잘 알아요."

그 말에 택시 기사의 눈동자가 흔들리기 시작했다.

상대방이 변호사일 거라고는 생각하지 못했던 것이다.

아무리 적반하장으로 목소리를 높인다고 해도 결국 현실을 이길 수는 없다.

"이거 어쩌지?"

손채림도 일단 내려 차를 살피면서 눈을 찡그렸다.

"이거 입고시켜야겠는데?"

"그래야 할 것 같은데……. 여기 가장 가까운 수리 센터가 어디지?"

"일본일걸."

그러자 택시 기사의 얼굴에 당황한 기색이 역력해졌다.

"이…… 일본? 일제라고 해도 수리 센터가 왜 일본까지……."

"아니, 일제는 아닌데요. 수입차라서 그래요. 그나마 운 좋은 줄 아세요. 스포츠카 끌고 왔으면 이탈리아에까지 보내야 할 뻔했으니까."

말이 이어질수록 택시 운전기사의 기세는 쪼그라들었다.

당연하다. 그런 차라면 수리비도 어마어마할 테니까.

"그러니까 처음부터 잘못했다고 하시면 되잖아요."

그가 아무리 목소리를 높여 봐야 결과는 바뀌지 않는다.

"끄응…… 그나저나 일단 입원부터 해야겠네."

아련하게 아파 오는 허리를 부여잡고 노형진은 쓰게 웃을 수밖에 없었다.

⚖

전치 4주의 입원 기간. 노형진은 본의 아니게 생긴 쉬는 기간에 쓰게 웃었다.

─걱정하지 말고 쉬게나. 다행히 큰일은 없으니까.

김성식은 노형진의 사고 소식에 전화해 주면서 안심시켰다.

아직 코델09바이러스 시기라 병원에 병문안하러 올 수가 없었던 것이다.

"제발 그랬으면 좋겠는데요. 특별한 일이 생기면 그건 진짜 난리 나는 거 아닙니까?"

—그건 그렇지. 자네가 꼭 필요할 정도의 사건이라면 정말 머리가 아픈 거지.

"제가 담당하던 사건은 변론서 다 써 놨으니까 다른 분에게 부탁해서 변론해 달라고 하시면 될 겁니다."

—그렇잖아도 서세영 변호사가 자기가 해 보겠다고 나서더군.

"뭐, 그것도 좋지요. 세영이도 머리가 좋으니까요."

다행히도 사고 후 처리는 순탄하게 진행되었다.

—자네는 몸조리만 잘해.

"잘 부탁드립니다."

노형진은 전화를 끊고는 한숨을 푹 쉬었다.

"뭐가 그렇게 걱정이야?"

"그냥. 걱정이 안 될 수가 없지."

"형진이 너도 은근 일중독이니?"

"그걸 이제 알았냐?"

"이참에 그냥 쉰다고 생각해."

"쉰다라……."

그 말에 노형진은 쓰게 웃었다.

"그게 될까 싶다."

"웅? 왜? 뭔 일 터지겠어?"

"그게, 이상하게도 꼭 내가 쉬려고 하면 뭔 일이 터지더라고."

"설마. 호호호."

손채림은 말도 안 된다는 듯 웃었다.

하지만 노형진의 불안은 빗나가지 않았다.

일이 외부가 아닌 내부에서 터졌던 것이다.

⚖️

―280만 원 드리겠습니다.

"뭐요?"

―저희가 지금 드릴 수 있는 합의금이 280만 원입니다.

"장난해요?"

―저희는 약관대로 드리는 겁니다.

"저는 당신네 약관에 사인한 적 없는데요?"

―저희 규정이 그렇습니다. 280만 원을 받아들이세요. 아니면 소송하시든가요.

"이런 미친 새끼들을 봤나?"

노형진이 이렇게 기가 막힌 건 상대방 회사, 정확하게는 택시 공제조합에서 헛소리에 가까운, 아니 헛소리를 했기 때문이다.

"280만 원요? 내 한 달 수입이 얼마인지 서류를 보내 드렸습니다만?"

　－그건 저희가 인정 못 하고요. 280만 원 드립니다.

"장난하나?"

　노형진이 이렇게 화내는 이유는 택시 공제조합에서 제시한 배상금이 터무니없이 낮았기 때문이다.

　농담이 아니라 280만 원이면 노형진에게는 하루는커녕 한 시간 수익도 안 되는 돈이다.

　물론 노동의 대가라는 조건이 있기는 하지만 그래도 노형진이 노동으로 벌어들이는 돈 역시 절대로 적지 않다.

　－받아들이시려거든 다시 전화 주세요.

　상대방은 신경이란 신경은 다 긁고 나서야 전화를 끊었고 노형진은 그 말에 귀를 의심했다.

"이 새끼들이 내가 변호사라는 말 못 들었나?"

"못 들었다기보다는 알면서도 그 지랄 하는 걸걸."

　2인실이었기 때문에 바로 옆 침대에 누워 있던 손채림이 당연하다는 듯 말했다.

"교통사고 한 달짜리에 손해배상이 5억이면 나 같아도 그러겠는데?"

"웃을 일이 아닌데."

　교통사고 시 정해진 규정은 생각보다 간단하다.

　법적으로 일하지 못하게 된 기간 동안 벌어들였어야 할 수익을 보험회사 또는 공제조합에서 배상하는 게 규정이다.

쉽게 말해서 한 달에 500만 원을 벌었는데 사고가 나서 2주간 입원하면, 배상금은 250만 원에 위자료까지 해서 대략 300만 원에서 350만 원이 되는 거다.

물론 이런 경우 일반적인 직장인이라면 문제가 안 된다.

하지만 고액 연봉자, 특히 노형진같이 상상 이상으로 버는 사람이라면 복잡해진다.

"아니, 한 달에 노동 순수입이 5억이라니. 그걸 누가 믿어?"

"아니, 그럼 어쩌라고? 내가 그 세금을 불법으로 낸 것도 아니잖아."

많이 벌면 많이 낸다. 그게 규정이다.

그랬기에 노형진은 꼬박꼬박 세금 신고를 다 해 가면서 살아왔다.

"그렇기는 한데…… 그래도 너무했다."

"말이라도 예쁘게 하면 몰라. 뭐? 규정? 소송?"

사실 노형진도 굳이 공제조합을 대상으로 소송까지 해 가면서 싸우고 싶은 생각은 없었다.

한 달 5억의 수익은 솔직히 노동으로 인한 수입이지 노형진의 주요 수입은 아니기 때문이다.

자본 소득, 그러니까 예금 금리나 빌딩의 임대료같이 일을 하지 않아도 들어오는 돈이 노형진의 수익의 대부분을 차지한다.

그래서 굳이 크게 싸우기보다는 그냥 적당히 합의하고 마무리 짓고 싶었다.

그렇잖아도 온갖 복잡한 사건으로 인해 머리가 복잡하기 그지없었으니까.

"이런 게 한두 번인가, 뭐?"

"응? 한두 번이 아니라고?"

"보통은 이게 일반적인 과정인데. 넌 사고 나 본 적이 없어?"

"당연히 있지."

교통사고가 난 적이 아예 없는 건 아니었다.

하지만 대부분은 무난하게 합의에 이르곤 했다.

"원래 담당자가 지랄맞으면 그래."

"지랄맞다라……."

"5억이잖아. 자기가 줄 수 있는 돈이 아니잖아. 그러니까 그냥 소송으로 넘겨라 뭐 그런 느낌이랄까?"

"얼씨구?"

물론 이해는 간다.

담당자라고 해 봐야 결국 일개 직원일 뿐이니 5억이라는 큰 배상금을 줄 권한은 없다.

하지만 그렇다고 해서 이렇게 싸가지없게 대해도 되는 것은 아니었다.

도리어 상황을 잘 설명해 주고 돈을 깎으려고 해야지.

"이런 경우가 흔해?"

"내 주변에 보면 종종 있더라고."

"종종 있다……."

노형진은 속에서 은은한 분노가 치밀어 올랐다.

"그래서 소송으로 그냥 넘기라는 거지?"

"그런 거지."

"그러면 넘겨야지."

노형진은 그 말에 싱글벙글 웃기 시작했다.

저쪽에서 소송으로 넘겨 달라는데 뭐라고 하겠는가? 넘겨야지.

그러자 그 모습을 본 손채림은 혀를 끌끌 찼다.

"또 누구 하나 인생 조지겠네, 쯧쯧."

⚖

일단 노형진은 일반적인 교통사고 사건에 대해 알아보기로 했다.

사실 교통사고로 소송까지 가는 경우가 극히 드물다 보니 교통사고 사건은 거의 맡을 일이 없었기 때문이다.

다행히 그런 교통사고 전문 변호사가 새론에도 있었기에 그에게 질문하기로 했다.

―교통사고요? 지랄맞죠. 제가 교통사고 전문 변호사지만

이것이 법이다

요.

"그래요? 소송하라고 하는 경우가 많나요?"

—뭐, 이런 식으로 대놓고 도발하는 경우가 많은 건 아닌데요, 때때로 그런 놈들이 있기는 합니다. 특히 노 변호사님처럼 한 달 미만 사건의 경우는 더더욱 그렇고요.

"왜요? 아니, 알 것 같네요."

한 달 손해배상이라고 해 봐야 임금에 따라 달라진다. 그리고 한 달에 400만 원 이상 받는 사람은 그리 많지 않다.

그런데 거기에 대고 변호사비만 최소 330만 원을 내라고 하면 과연 낼까?

그러니까 상대방을 도발하는 거다. 터무니없는 금액을 제시해도 상대방은 소송을 못 할 걸 아니까.

—솔직히 대한민국에서 벌어지는 사건의 대부분은 2주 염좌 아닙니까?

2주 염좌는 교통사고가 나면 나오는 가장 기본적인 진단이다.

그만큼 입원 환자도, 사고도 많다.

그런 상황에서 소송하자니 배보다 배꼽이 더 커진다.

2주 염좌의 경우는 절반도 못 받으니까.

임금이 500만 원이라고 해도 합의금까지 다해서 300만 원 정도 나온다.

—문제는 보험사 약관에 피해자의 수익을 인정하지 말라

는 조항이 있다는 거예요.

피해자가 얼마를 벌든 그건 인정 못 하고 무조건 약관대로 최저금액을 지불하라는 게 바로 보험사나 공제조합의 규정이라는 것.

―그나마 보험사는 좀 유도리가 있는 편이고요.

약관대로라면 2주 염좌가 나오면 100만 원도 안 되는 돈을 받는다. 그래서 보험사들은 소위 추후 치료비라는 명목으로 추가 비용을 제공해서 적당한 비용을 맞춰 합의를 유도한다.

―그래서 보통은 250만에서 350만 정도에 합의하죠. 그런데 공제조합은 그런 것도 없어요. 최저로 후려치고 꼬우면 소송해라, 그게 공제조합입니다.

"그래요?"

―네. 그래서 공제조합을 상대하는 게 생각보다 머리 아프죠.

교통사고 전문 변호사의 말에 노형진은 고개를 절레절레 흔들었다.

―그렇잖아도 그 새끼들 엿 한번 먹이고 싶은데 마땅한 방법이 없다니까요.

"그러면 처음부터 적대적으로 나오는 건 정말로 그냥 소송해라 이거네요?"

―담당자 입장에서는 그게 편하거든요.

어차피 자신의 권한을 아득하게 넘어가는 돈이고, 쥐고 있어 봐야 자기만 귀찮으니까.

"기가 막히네. 그래도 아 다르고 어 다른 게 말인데 말이
죠."

–그렇죠. 그런데 그런 새끼들은 자기들이 갑인 줄 알아
요. 어차피 주지 않으면 방법이 없다고 생각하니까요.

보험사의 손해배상 청구는 3년까지만 가능하다.

이를 반대로 말하면 3년 안에만 돈을 달라고 소송하면 된
다는 거다.

문제는 대부분의 피해자는 그렇게 소송에 매달릴 여건이
안 된다는 거다.

당장 내일부터 출근하지 않으면 잘라 버린다고 지랄하는
게 회사인데, 여기에 소송까지 하면 자신만 힘들어지니까.

"흠."

–만일 좋은 방법이 있으시다면 제발 공유 좀 부탁드립니
다. 이 새끼들은 답이 없어요. 특히 공제조합 쪽은요.

"무슨 뜻인지 알겠습니다. 아무래도 방법이 있을 것 같네요."

노형진은 머릿속에서 방법이 떠오르는 것을 느끼며 씨익
하고 웃었다.

⚖️

한 달이라는 시간은 생각보다 빠르게 흘러갔다. 그리고 그

시간 동안 노형진은 계획을 정리하고 심기일진하여 밖으로 나왔다.

"좋아. 이제 한번 조져 볼까?"

"아이고, 불쌍해라."

"누가? 내가?"

"너겠어? 그 택시 공제조합이 불쌍한 거지."

손채림은 뭔 일이 벌어질지 아는지 피식 웃으며 말했다.

"복수는 화끈하게 부탁해요."

"걱정하지 마. 화끈하다 못해 아주 절절 끓게 만들어 줄 테니까."

노형진은 그렇게 말하면서 회사로 향했다.

첫 출근이라 딱히 사건이 배정된 건 아니지만 그래도 오늘은 바쁠 예정이었다.

"통화만 했죠? 고용근 변호사입니다."

"노형진입니다. 그나저나 그 교통사고 보험에 대해 좀 더 들었으면 싶은데요."

"법률적인 건 아시죠?"

"알죠. 입원 기간 동안 찾아봤습니다."

현행 교통사고 합의 기준은 두 가지로 나뉜다.

하나는 보험사에서 책정한 합의금, 다른 하나는 법원에서 인정하는 합의금.

보험사에서 책정한 합의금은 도시 노동자 실질임금이라

는, 일반적인 사람들의 하루 평균임금을 계산해서 배상금으로 책정한다.

그에 반해 법원에서 인정하는 합의금은 실질소득을 기준으로 계산한다.

쉽게 말해서 하루에 20만 원을 벌었으면 20만 원에 병원에 입원한 기간을 곱해서 결정하는 거다.

물론 그 과정에서 주말과 휴일은 빼기 때문에 2주라고 하면 보통은 14일이 아니라 10일을 뜻한다.

"보험사는 거기에 더해 추후 치료비라는 명목으로 어느 정도 보전해 주기 때문에 합의금이 결정되죠."

그런데 공제조합은 그런 추후 치료비 자체를 아예 인정하지 않고 무조건 최저 기준으로 계산한다는 거다.

"흠…… 그러니까 소득이 적은 사람이나 없는 사람은 차라리 약관이 유리하군요."

"그렇죠."

가령 학생이나 일흔 먹은 노인이 사고를 당했다면 보험사는 약관상 규정에 따라 도시 노동자 최저임금을 계산해서 돈을 지급하지만, 법원에 가면 학생의 경우는 노동 기록이 없어서, 또 일흔 먹은 노인은 노동이 불가능하다고 판단해서 그로 인한 일실이익을 빼고 위자료만 지급한다.

"가령 학생이 사고 나면 보험사에서는 130~150만 정도에서 합의가 이루어지는 데 반해 법원에서는 위자료 30만 원성도만 인정되는 거죠."

그래서 약관은 사회적 약자에게 유리하다.

"그에 반해 법원은 저 같은 고수익 연봉자에게 유리하군요."

"네. 뭐, 그런데 문제는 공제조합입니다. 이 새끼들은 최악만 고르거든요."

상대방이 학생이다? 근무 기록이 없다고 위자료만 준다고 한다.

상대방이 노동자다? 그러면 도시 노동자 임금만 인정한다며 꼬우면 소송하라고 해서 소송비 때문에라도 포기하게 한다.

상대방이 노형진 같은 고액 연봉자다? 그러면 소송하면서 차일피일 지급일을 미룬다.

"그나마 보험사는 진짜 소송한다고 하면 포기하고 그냥 적당히 합의하려고 합니다. 그 과정에서 온갖 거짓말을 해서 그렇지. 한 번은 10분의 1을 후려쳤다니까요."

"10분의 1요?"

"네, 어이가 없어서. 온갖 거짓말을 하면서 배상금으로 400만을 제시하더라고요. 웃긴 건, 소송하니까 4천만 원이 나왔다는 겁니다."

"허."

"더 웃긴 게 뭔지 아십니까? 그 사건 보험사가 동일해요."

"동일하다면……?"

"사실 100 : 0이 나온 사건을 이 새끼들이 7 : 3으로 짬짜미 시키면서 보험료를 올리려고 수작 부린 거죠."

하지만 변호사를 만나면서 사건이 뒤집어졌던 것.

"뭐, 그거야 그거고. 문제는 택시 공제조합인데요. 이 새끼들은 진짜 답이 없는데. 소송할 겁니다."

"소송이야 할 수 있죠."

이건 질 수 없는 싸움이다.

하지만 그렇기에 더 화가 났다.

명백하게 자신들의 책임임에도 불구하고 그 책임을 면하려는 목적으로 수작을 부리는 게 뻔하게 보이니까.

"소송하시면 5억 전부 나오기는 할 겁니다. 기록은 다 가지고 계시니까."

개인 사업자들은 종종 세금을 줄이기 위해 어떻게 해서든 수익을 줄여서 신고하지만 노형진은 솔직하게 그대로 신고하고 그대로 세금을 냈기 때문에 소송에 들어가서 이기는 건 어렵지 않았다.

"그거야 그렇지요. 하지만 놈들이 말씀하신 것처럼 그런 식으로 행동한다면 저도 그냥은 못 넘어가죠."

"가압류라도 하실 생각이라면 힘드실 겁니다."

"하긴, 그렇죠."

가압류는 상대방이 돈을 주지 않거나 주지 못할 상황에 대비해서 재산을 일단 묶어 두는 행위다.

그런데 보험사나 공제조합같이 규모가 큰 경우에는 파산하거나 도주할 가능성이 없기 때문에 보통 가압류가 안 된다.

어지간하면 가압류 신청을 받아 주는 법원이지만 그렇지 않은 경우는 종종 안 받아 주기도 한다.

"솔직히 가압류를 받아 준다고 해도 딱히 뭔가 바뀌지도 않으니까요."

가압류의 핵심은 가치의 보전이다.

그런데 공제조합의 경우에는 서류 업무가 주된 업무인 데다 충분한 자산이 있기 때문에 자산이나 차량 같은 동산에 압류를 거는 게 아무런 의미가 없다.

무엇을 묶어 놓든 다른 서류 업무는 가능하기 때문이다.

"압니다. 그런데 제가 병원에서 보니까 이 새끼들이 채무 부존재 확인 소송을 건다는데, 이건 어떻게 된 겁니까?"

"아, 그거요? 수 쓰는 거죠."

보험사나 공제조합은 악질적인 방법을 종종 쓰는데, 그게 바로 채무 부존재 확인 소송이다.

말 그대로 채무가 존재하지 않는다는 걸 증명하는 소송이다.

"전에는 보험사가 그걸 너무 많이 걸어서 문제가 되었잖습니까?"

"그렇죠."

"그래서 지금은 규정이 바뀌었거든요."

채무 부존재 확인 소송을 거는 이유는 간단하다.

그 소송을 건다고 해서 채무가 사라지는 건 아니다.

"하지만 그 기간 동안은 돈 달라는 소리를 못 하니까요."

피해자 측에서 돈 달라는 소송을 걸기 전에 보험사나 공제조합에서 먼저 채무 부존재 확인 소송을 걸고 그사이에 상대방의 피를 말리는 전략은 오래전부터 사용되어 왔다.

일단 그 소송만 해도 못해도 1년 반은 걸린다.

왜냐하면 1심에서 평균 6개월은 잡아야 하고 2심에서도 1년은 잡아야 하니까.

"그리고 피해자 쪽은 그에 대응하기 위해 변호사를 사야 하고 말이죠."

"그러니까요."

이게 얼마나 악랄한 짓이냐면 단돈 500만 원을 받기 위해 소송하는 것도 부담스러운데, 상대방이 소송을 걸면 그 소송비까지도 이쪽에서 부담해야 한다는 거다.

설사 이긴다고 해도, 이쪽도 대응하기 위해서는 변호사를 사야 하고 그 후에 다시 손해배상 소송을 해야 하니, 받을 돈은 500만 원인데 변호사비만 600만 원이 나가는 꼴이 된다.

"하긴, 그래서 법이 바뀌기는 했죠."

보험사와 공제조합은 그 짓을 수십 년간 해 왔다.

그럼 그들도 손해를 봤을까?

아니다. 그들에게는 변호사비 특혜가 있기 때문이다.

애초에 이런 소송은 이기기 위한 것이 아니라 피해자를 억압하기 위한 것이다.

그렇다 보니 소장은 회사의 직원을 통해 넣으면 그만이고, 만일 피해자가 끝까지 합의하지 않아 소송으로 넘어가는 경우에는 정해진 로펌이 담당하게 되는데 이 계약 조건이 지랄 맞다.

정말로 쟁점이 있는 소송도 아닐뿐더러 대부분 서류로 이루어지기 때문에 법원에서 새로운 증거를 제시하며 싸우지도 않는다.

그래서 보험사는 아예 로펌을 통해 대량의 소송 계약을 해버린다.

예를 들면 보험사나 공제조합에서 특정 로펌에 100건의 사건을 맡기는 조건으로 한꺼번에 2천만 원에 계약하는 거다.

그러면 건당 20만 원에 시간을 죽이기 위한 아무런 의미도 없는 소송이 되기에, 로펌에서는 소송 당일에 새끼 변호사 한 명을 보내서 하루 동안 시간을 보내는 식으로 처리해 버린다.

실제로 과거에는 아침부터 저녁까지 오로지 보험사의 채무 부존재 확인 소송만으로 재판이 꽉 차는 경우도 있었다.

당연하게도 상대방 변호사는 출석 말고는 의미가 없다.

하지만 피해자에게는 상대방의 교묘한 법리를 파훼할 방법이 없기 때문에 일대일로 변호사를 사야 하는데, 그 비용이 최소 330만 원이다.

"그래서 규정이 바뀌었지만 그 규정을 만들 때 공제조합은 빼 버렸거든요. 고의인지 실수인지 모르지만."

"아, 그래요?"

지금은 보험사가 먼저 소송을 걸기 위해서는 내부에서 위원회를 거쳐 소송의 타당성을 인정받아야 하는 것으로 법이 바뀌었다.

그렇다 보니 과거처럼 일단 소송을 걸고 피해자를 압박하는 방법은 쓰지 못한다.

"그래서 아예 소송하길 원할 때는 지금 노 변호사님이 당한 것처럼 도발하는 거죠."

"흠, 그랬습니까?"

"네. 더군다나 공제조합은 아예 돈 자체를 주지 않으려고 하니까요."

공제조합의 수법이 무조건 소송부터 걸고 그 후에 돈을 주지 않으면서 최소 비용으로 합의하기를 강요하는 것인지라 도무지 방법이 없는 모양.

"간땡이가 부었군요."

"어쩔 수가 없습니다. 공제조합의 고객은 국민이 아니니까요."

보험회사의 경우는 국민이 피해자이자 동시에 고객이 될 수 있다. 분쟁 중인 상대도 보험이 필요할 테니까.

심지어는 이미 그 보험사의 고객일 수도 있다.

그렇기에 보험사가 소송을 통해 손실을 잠깐 낮출 수는 있어도 그 사실이 소문나서 이미지가 안 좋아지면 매출이 줄어들고 보험 해지도 몰려들기 때문에 마냥 그러기가 힘들다.

  실제로 미취학 아동에게 돈을 내놓으라고 소송하거나 분명 법적인 청구 기간이 지난 돈인데도 고객에게 청구하는 식으로 행패를 부리다가 이슈가 되어서 욕먹고 보험 해지가 몰려들자 부랴부랴 소송을 취소하고 '오해가 있었다.'라는 식으로 둘러댄 적도 많았다.

  "하지만 공제조합은 다르니까요. 공제조합 입장에서는 어차피 일반인은 안 볼 사람들이니까."

  그들이 보호해야 하는 사람들은 공제조합의 회원들, 그러니까 택시 공제조합이라면 택시 운전기사, 화물차 공제조합이라면 화물차 운전기사지, 일반인은 나중에 회원이 될 가능성 자체도 거의 없다.

  그러니까 피해자가 돼지든 말든 돈만 주지 않으면 된다는 식으로 행동한다.

  "실제로 양심적인 몇몇 택시 운전기사들은 가벼운 사고는 그냥 자기 돈으로 내 버리는 상황이기도 하고요."

  "네? 어째서요?"

  "공제조합에서 돈을 주지 않으려고 개지랄을 떨거든요."

  "얼씨구?"

  문제는 공제조합의 가입이 사실상 의무화되어 있다는 것

이다.

그러니 가입해서 돈은 내고 있지만 사실상 보험으로서의 보호는 못 받고 있는 상황이라는 것.

"그럴 거라면 그 돈으로 차라리 일반 보험사에 들어가는 게 나을 것 같은데요."

"공제조합이 제공하는 서비스가 보험만 있는 게 아니라서요."

말 그대로 조합이기에 그 안에서 조합원에게 제공하는 서비스가 한둘이 아니다.

그리고 그걸 이용하지 못하면 현실적으로 택시 운영은 힘들다.

그래서 어쩔 수 없이 공제조합에 가입하는 사람들이 제법 많다.

"일부는 아예 조합은 조합이고 보험은 보험대로 따로 드는 분들도 있다고 하더군요."

사고가 났을 때 택시 공제조합이 지랄해서 머리가 아픈 건 택시 운전기사에게도 해당된다는 소리였다.

"대충 상황은 알겠네요."

"아마 노 변호사님한테도 조만간 조합에서 채무 부존재 확인 소송을 걸어올 겁니다."

노형진은 고개를 끄덕거렸다.

"알고 있습니다. 사실 그걸 기다리고 있습니다, 후후후."

채무 부존재 확인 소송.

정확하게는 상대방에게 채권이 없음을 법원에서 인정받기 위한 소송이다.

소멸시효가 다 되었다거나 원인이 되는 사항이 불법적이라거나 하는 식으로 문제의 채권이 더 이상 존재하지 않는다는 걸 법원으로부터 확정받아서 더 이상 상대방의 청구를 받아들이지 않기 위한 것이다.

사실 채무 부존재 확인 소송의 대부분은 공제조합에서 거는 소송이었다.

민사재판은 채권의 소멸시효가 지나면 그냥 그걸로 끝인 데다 권원(어떤 행위를 정당화하는 법률적인 원인)이 되는 대출 같은 것도 없이 무조건 돈을 달라고 하는 미친놈은 없으니까.

게다가 이 사건에서는 노형진이 사고를 당했기에 100 : 0이라는 과실 비율이 확정적이라 이 소송은 질 수밖에 없는 싸움이었다.

그럼에도 불구하고 공제조합이 소송을 건 이유는 간단했다. 이쪽에서 질려서 포기하게 만드는 하나의 수단이었기 때문이다.

"이런다고 내가 포기할 거라 생각한 건가?"

"그렇지는 않을걸. 이런 건 거의 시스템화되어 있어서 그럴 거야."

"그렇겠지."

손채림도 안다는 듯 고개를 끄덕거리며 말했다.

그녀도 나름 법조계에서 일해 봤고 마이스터로 이직하면서 온갖 사람들을 다 만나 봤기에 안다.

실제로 소송의 권한은 일선 직원에게 있지 않다. 이런 소송은 조합이라면 최소 부장급 인사의 결정이 있어야 한다.

물론 그런 것도 시스템화되어서 일괄적으로 소송이 들어가지만.

"그나저나 넌 어때?"

"나?"

"나야 뭐 그렇다고 쳐도, 너도 배상받아야 하잖아?"

차량에는 노형진뿐만이 아니라 손채림도 타고 있었다.

그렇기에 엄밀하게 말하면 같이 합의하는 게 맞지만 노형진은 자신의 사건에 집중하겠다고 했고, 손채림은 손채림 나름대로 엿 좀 먹여 보겠다고 따로 소송하기로 한 상황이었다.

사실 이런 경우 가족이 함께 타고 있더라도 따로 합의하는 게 맞긴 하다. 편의를 위해 한꺼번에 합의할 뿐이지.

"아, 그거? 기분 나빠서 합의 못 해 주겠다고 소송하라던데?"

"기분 나빠서?"

"금감원에 민원을 넣었거든."

"효과도 없는 걸 왜 넣었어?"

"그냥 규정대로 받아 가려고 하는 거지, 뭐."

손채림도 따로 운영하는 회사에서 월급을 받기에 당연히 그만큼의 돈을 받아야 한다.

손채림의 한 달 임금은 3천만 원선.

터무니없는 액수로 보일 수도 있지만 손채림이 가진 인맥의 가치를 이용할 수 있다면 3천만이 아니라 30억이라도 지급할 사람이 넘쳐 난다.

더군다나 손채림은 미다스의 최측근 중 한 명으로 알려져 있으니까 말이다.

세계 최고의 투자자 중 한 명과 식사할 때 수십억을 쓰는 이유가 뭔가?

그 식단이 맛있어서? 아니면 그냥 투자 정보라서?

아니다. 세계 최고 투자자와의 인맥이라는 게 중요하기 때문이다.

실제로 그런 식사를 하는 사람들의 모임이 따로 있는데, 그곳에 가입한 사람들은 수백만 달러씩 돈을 늘리는 데 성공했다.

"그런데 효과가 없다고 하더니 정말로 없네."

"보험사들이 금감원의 말을 귓등으로도 안 들으니, 뭐."

사람들이 착각하는 것 중 하나가 금감원이 국민들의 편이라는 거다.

하지만 애석하게도 금감원은 기본적으로 은행이나 보험사

의 편이지 국민의 편이 아니다.

그렇다 보니 보험사와의 합의를 유리하게 끌어내기 위해서는 금감원에 민원을 넣는 것이 일반적이지만, 실제로는 오히려 불난 집에 부채질을 하는 꼴이 되어 버린다.

왜냐하면 합의할 때 부족한 부분을 채워 주는 '추후 치료비'라는 돈이 있는데, 이게 규정에도 없고 법적으로도 굳이 지급하지 않아도 돼서 보험사의 협조가 필요하기 때문이다.

그런데 이런 상황에서 금감원에 민원을 넣으면 해당 보험사에 경고를 보내 보험사 담당자의 인사고과에 손상을 입히는 결과를 낳는다.

당연하게도 피해자에 대한 보험사 담당자의 태도는 부정적으로 변할 수밖에 없다.

흔히 진단받는 2주 염좌도 법원이 추후 치료비를 인정하지 않기 때문에 합의만이 최선인데, 피해자가 조금 더 받아보고 싶은 마음에 금감원에 민원을 넣는 바람에 기분이 상한 직원이 '조까. 돈 못 줘.'를 시전해 추후 치료비는커녕 일실이익 손해도 인정받지 못하고 위자료 30만 원만 받은 사례가 널려 있다.

그러나 이런 문제들이 산적해 있음에도 금감원은 그저 경고하는 데서 그치기에 국민들에게 도움을 주기는커녕 오히려 입장만 불리하게 만들어 버린다.

"그걸 알면서도 했다고?"

"아니, 헛소리를 하잖아."

"뭔 헛소리?"

"내가 회사에서 월급을 받았으니까 돈 못 준다던데?"

"아니, 그건 또 뭔 참신한 개소리래?"

"몰라."

사실 코넬09바이러스만 아니었다면 손채림은 지금 이 순간에도 전 세계를 돌면서 많은 사람들을 만나며 인맥을 관리하고 있어야 한다.

하지만 코넬09바이러스로 인해 출국을 못 하다 보니 이렇게 국내에서 여유롭게 지내고 있는 것이다.

하지만 그렇다고 해서 임금을 안 줄 수는 없는 노릇.

물론 작은 회사들은 교통사고로 입원하면 돈을 주지 않는다. 일하지 못하는 만큼 손해배상으로 받을 수 있기 때문이다.

하지만 일부 업종, 가령 공무원이나 대기업의 직원은 교통사고로 입원해도 임금이 지급되기도 한다.

손채림이 속한 아스가르드 역시 마찬가지.

그녀가 대표라지만 고용인이기도 하기에 다른 사람들과 마찬가지로 일을 못 하고 있어도 임금이 지급된 것뿐이었다.

"그런데 못 준다고?"

"그렇다던데."

"이 새끼들이 진짜 아주 막 나가는구나?"

노형진이 이렇게 말하는 데에는 이유가 있다.

법적으로 손해가 발생했기 때문에 지급해야 하는 손해배상은, 그 손해가 추상적인 것이라 해도 동일하게 지급한다.

추상적인 거라서 돈을 주지 않는 것은 보험회사나 공제조합의 부당이득이 되기 때문이다.

그래서 실제로 법원에서는 어떤 형태의 손해든 간에 일단 발생했다면 손해배상금을 지급해야 한다고 판단하고 있다.

"그런데 약관상 못 준다고, 소송하래."

"그래서 민원을 넣은 거야?"

"그렇지, 뭐. 조만간 나한테도 소장 하나 날아올 것 같네."

손채림은 피식 웃으며 말했다.

그 말에 노형진은 고개를 절레절레 흔들었다.

"뭐, 그쪽에서 죽여 달라고 하면 죽여 줘야지."

"그런데 어떻게 하려고? 솔직히 이길 수야 있겠지만 시간이 문제잖아."

이건 질 수가 없는 싸움이다.

하지만 그렇기에 시간이 문제가 된다.

"그렇기는 하지."

재판에서 이기는 거야 변호사들이 해 줄 수 있다.

하지만 변호사들 중에는 재판에서 지더라도 상대방을 괴롭히는 것으로 목적을 이루려 하는 자들도 있다.

당장 기분 나빠서 손채림에게 배상을 못 해 주겠으니 꼬우면 소송하라고 하는 보험사나 공제조합 같은 곳이 바로 그런 곳이다.

"뭐, 상관없지."

노형진은 어깨를 으쓱했다.

"돈만 받으면 되는 거 아니겠어?"

그렇게 말하는 노형진은 싱글벙글 웃고 있었다.

노형진과 손채림에게 날아온 채무 부존재 확인 소송.

그러나 노형진은 화내지 않았다. 이미 예상했으니까.

다만 그들에게 책임이 무엇인지 알려 줄 뿐이었다.

당연히 그 시각, 택시 공제조합은 발칵 뒤집어져 있었다.

"상대방이 변호사라고?"

"네. 더군다나 매달 5억 이상의 수익을 내는 고액 연봉자
랍니다."

"노형진이라……."

"알아보니까 유명한 변호사는 맞더군요."

"골 때리는군. 그런 놈이 왜 장 따위를 보고 다니는 거
야?"

보통은 그 정도 벌면 손끝 하나 까딱하지 않고 사람을 쓰는 게 일반적이지 않던가?

　"일단 소송은 걸었습니다만, 돈을 주지 않을 방법이 없습니다."

　"변호사한테 5억에 와이프한테 5천? 도합 5억 5천이라……."

　절대로 적은 돈이 아니다. 공제조합의 규모를 보면 엄청나게 큰 피해를 입을 수밖에 없는 돈이다.

　하지만 그게 100% 손해인 것은 아니다.

　왜냐하면 공제조합도 그런 경우에 대비해서 회사 보험을 들어 났기 때문이다.

　이번 경우에는 노형진의 연봉이 높아서 겨우 한 달에 5억이라는 돈을 줘야 하는 게 문제지만, 택시를 운전하는 사람들이 사고를 치면 사람을 죽이거나 초고가의 차량을 박아 버리는 경우도 있어서 보험사를 통해 배상금을 지급한다.

　문제는 이렇게 고액을 지급하고 나면 보험료가 엄청나게 오른다는 거다.

　"합의의 여지는 없지?"

　"애초에 합의 시도 자체가 의미 없으니까요."

　"그건 그렇지."

　사실 노형진은 일을 크게 키울 생각이 없었기에 적당하게 합의할 예정이었지만 애석하게도 공제조합의 착각으로 인해 사건은 끝도 없이 커져 버렸다.

"일단 소송 걸었으니까 시간을 끌어."

"하지만 저쪽은 급할 일이 없는데요. 변호사잖습니까?"

일반인이야 생계 문제와 소송비용으로 인한 압박을 견디지 못해 어쩔 수 없이 저가에 합의하지만 변호사는 아무런 제약도 없으니까.

"어쩔 수 없지. 그렇다고 5억을 그대로 다 줄 수는 없잖아. 계속 소송하면서 귀찮게 해. 장사 한두 번 해?"

조합장은 시큰둥하게 말했다.

"이런 사람들은 말이지, 시간이 금이란 말이야. 한 달에 5억이야. 그런데 매번 재판한다고 계속 불려 오면 어떻게 생각하겠어?"

"아! 배보다 배꼽이 더 커진다 이거군요."

"그래, 하루만 빼도 수천만 원의 손실이 나는 사람이라고. 그러니까 계속 재판으로 귀찮게 하면 귀찮아서라도 합의할 거다. 그렇다고 자기가 변호사를 사진 않을 거 아냐."

자신이 변호사인데 변호사를 사는 것도 참 웃긴 꼴 아닌가?

어떤 면에서 보면 자기가 무능하다고 인정하는 꼴이 되어 버리니까 그런 방법은 쓸 수가 없다.

"그러니까 귀찮게 하란 말이야. 장사 한두 번 해?"

"역시 조합장님. 대단하십니다."

"이게 다 사람을 상대하는 방법이다 이거야. 어설픈 변호사가 덤벼 봐야 나는 못 이겨."

자신 있게 말하는 조합장.

하지만 그런 근거 없는 자신감이 자신의 인생을 망칠 거라고, 그는 생각하지 못했다.

노형진은 채무 부존재 확인 소송장을 확인하며 웃었다.

"뭐, 별거 없네. 법리도 개판이고."

"애초에 이길 수가 없는 싸움이니까요."

과실 비율이 좀 따질 만하다면야 어떻게 싸움이 될 수도 있다.

하지만 이건 명백하게 노형진과 손채림이 피해자이고 과실 비율도 100 : 0이다. 그러니 법리고 뭐고 그냥 구멍이 숭숭 나 있는 그런 판단일 수밖에 없다.

애초에 질 수밖에 없는 재판에 누가 공을 들이겠는가?

더군다나 한 건당 돈을 받는 것도 아니고 수십 수백 건에 얼마로 퉁쳐서 나오는 서류인데 말이다.

"일단은 채무 부존재 확인 소송에 대한 이의 신청을 해야 겠네요."

고용근 변호사는 당연하다는 듯 말했다.

그런데 노형진의 입에서 예상하지 못한 말이 흘러나왔다.

"뭐, 답변서를 내는 건 좀 늦추죠. 급한 것도 아니니까."

"네? 그러면 어쩌시려고요?"

"간단합니다. 택시 기사를 조져야지요."

그 말에 고용근 변호사는 눈을 묘하게 떴다.

"저기, 노 변호사님. 10대 중과실이 아니면 형사처벌은 면제됩니다만?"

"압니다. 설마 제가 그걸 모르겠습니까?"

교통사고는 엄청나게 자주 일어나고 실제로 경찰에 신고도 자주 들어가지만 그렇다고 해서 그 운전자가 처벌되는 경우는 거의 없다.

왜냐하면 이 교통사고라는 게 어쩔 수 없이 일어나거나 말그대로 사고인 경우가 많다 보니 이에 해당하는 경우에는 법적으로 처벌을 면해 주기 때문이다.

물론 반드시 그러는 건 아니고, 사람이 크게 다치지 않은 사건이어야 하며 10대 중과실이 아니어야 한다.

그리고 노형진과 손채림이 한 달을 입원했지만 이 정도면 처벌 대상이 아니다.

"제가 말하는 건 민사입니다."

그러자 고용근이 고개를 갸우뚱했다.

"뭐라고요? 민사요? 이해가 되지 않습니다만."

"왜요?"

"민사에 대한 책임은 보험사와 공제조합이 지지 않습니까?"

"그렇지요."

노형진은 고개를 끄덕거렸다.

민사에 대한 책임을 면하기 위해 사람들이 보험에 들고 그 손해를 보험사가 메꿔 주는 게 현대 보험 설계의 핵심이다.

한 명이 1억을 갚는 건 힘들지만 매달 10만 원씩 내서 1억을 감당하는 건 어렵지 않으니까.

"그런데 이쪽에서는 채무 부존재 확인 소송을 걸었지 않습니까?"

"그렇지요?"

"그러면 가해자의 민사적 책임은 어떻게 되는 겁니까?"

"네? 그거야……."

그 말에 고용근 변호사는 잠깐 생각하다가 자신도 모르게 아차 싶었다.

매번 보험사 또는 공제조합을 대상으로만 싸우다 보니 완전히 놓치고 있던 부분.

"민사적 책임이 사라지는 건 아니죠."

"맞습니다. 사람들은 착각하죠. 교통사고로 인해 발생한 손해배상의 보상 책임은 1차적으로는 사고 당사자가 지도록 되어 있습니다."

다만 사고 당사자가 보험이라는 서비스를 이용해서 해당 비용을 제3자로 하여금 대납하게 하는 것.

그게 바로 보험의 약관이다.

"법 어디에도 보험을 들면 민사적 책임이 소멸된다는 문구는 없습니다."

민사적 책임이 소멸하는 것과, 민사적으로 책임을 나누는 보험으로 책임을 회피하는 것은 전혀 다른 문제다.

"잠깐, 그러면?"

"맞습니다. 우리가 굳이 보험사랑 싸울 이유가 없다는 거죠."

왜냐? 엄밀하게 말하면 1차 손해배상의 의무는 보험사나 공제조합이 아니라 사고를 낸 운전자에게 있으니까.

"그런데 보통은 소송을 보험사를 상대로 하죠. 왜일까요?"

"돈을 받아 내기 쉬우니까요?"

"맞습니다."

보험사는 원래 책임이 있고 또 규모가 있다 보니 돈을 받아 내기가 쉽다. 거기다 원래 계약 자체도, 그로 인한 소송도 보험사가 다 감당한다.

가해자 입장에서는 보험사에 맡겨 두기만 하면 알아서 보험금을 후려치고 최대한 지급하지 않으니까 손해가 없다.

"아…… 민사……."

형사만 생각하고 민사는 보험사라고 생각하던 고용근 변호사는 아차 싶었다.

"민사소송은 보험사와 한다, 그게 고정관념이니까요."

하지만 그럴 이유는 없다. 정확하게는, 보통은 하지 않는다.

"물론 다른 사건이라면 문제가 되겠지요."

가해자에게 직접 청구가 가능하다.

하지만 그걸 받기 위해서는 여러모로 복잡한 법률적 과정이 따른다.

"하긴, 보험사랑도 싸우기 부담스러운데 가해자와 직접 싸우려면 이야기가 달라지지요."

민사소송에 들어가는 돈은 똑같은데 결과적으로 가해자에게서 받을 수 있는 돈은 한정되니까.

대부분의 경우 소송을 통해 가해자에게서 받을 수 있는 돈은 극도로 적다. 심지어 복잡하기까지 하다.

예를 들어 가해자에게 손해배상을 청구해서 이겼다면 돈을 받을 수 있을까?

아니다.

노형진의 사건을 예로 들면 법적으로 재산상 피해는 5억이다. 그런데 그 5억을 일반인이 지급하는 게 쉽지 않기 때문에 재산을 압류하고 그걸 다시 공매하는 과정을 거쳐야 한다.

당연히 비용도, 시간도 더 소요된다.

그에 반해 보험사를 대상으로 소송해서 이기면? 보험사는 그냥 한 번에 줘 버린다.

물론 이렇게 금액이 큰 경우는 당연히 2심까지 가지만 그건 가해자도 마찬가지.

"하지만 시간이 넉넉하다면, 그리고 급할 게 없다면 이야기가 달라지죠."

굳이 법에 대해 잘 알고 경험이 많은 보험사를 대상으로 싸울 이유는 없다.

그냥 가해자를 대상으로 소송을 걸면 그만이다.

"특히 여기서 중요한 게 바로 이거죠."

노형진은 택시 공제조합이 보낸 채무 부존재 확인 소송을 흔들었다.

"택시 공제조합이든 보험사든, 결국 대리인은 아니니까요."

이게 무슨 소리냐?

아무리 그들이 손해배상을 대리 배상해 주는 시스템을 가지고 있다고 해도 소송 대리는 오로지 변호사만 할 수 있다는 소리다.

그 말은 공제조합이 낸 채무 부존재 확인 소송은 보험회사나 공제조합의 배상을 면할 수 있는 소송일 뿐 사고를 낸 가해자의 배상책임에 대해서는 대리할 수 없다는 뜻이다.

"저쪽에서는 자신들에게 채무가 존재하지 않는다고 주장하고 있습니다."

그리고 그건 하나의 명확한 증거가 된다. 법적으로 저쪽에서 공식적으로 주장한 서류니까.

"가해자에게 직접 청구가 가능하다 이거군요."

"맞습니다."

만일 이런 서류 없이 청구한다면 이야기가 복잡해질 거다.

법적으로야 가해자가 1차 배상책임을 가지고 있지만 그렇다고 해서 보험사나 공제조합을 완전히 배제하고 소송하는 것은 의미가 없으니까.

만일 그런 경우라면 최악의 경우는 판사가 기각할 수도 있다.

물론 그럴 가능성은 높지 않지만, 판사 입장에서도 일단 부정적으로 볼 게 뻔하다.

가해자는 손해배상을 하기 위해 서비스에 가입한 자이고 그 서비스를 제공하는 회사가 버젓이 존재하니, 사회 상규상 그들에게 먼저 청구하는 게 맞으니까.

"하지만 저쪽에서 채무 부존재를 주장한다면 이야기가 달라지죠."

저쪽이 돈을 배상할 이유가 없다고 주장한다면, 이쪽은 당당하게 가해자에게 손해배상을 청구할 수 있게 된다.

"그리고 그렇게 되면 소송은 삼파전이 되는군요."

"맞습니다. 그리고 그게 전에 말씀하신 부분에 대한 카운터가 될 테고요."

이전에 고용근 변호사가 말했다, 공제조합은 고객이 외부인이 아니라 그걸 이용하는 조합원이기에 남들의 눈치를 보지 않는다고.

하지만 이 채무 부존재 확인 소송으로 인해 가해자에게 소송이 걸린다면?

과연 가해자 입장에서는 가만히 있을까?

매달 비싼 공제조합비나 보험료를 내는 이유가 뭔가? 비상시에 보호받기 위해서가 아니던가?

그런데 보험사와 공제조합이 보호를 거부한다면, 더 이상 돈을 내며 서비스를 이용할 이유가 없다.

"허허허."

고용근 변호사는 자기도 모르게 웃었다.

그동안 보험사나 공제조합의 뻔뻔한 행태에 얼마나 치가 떨렸는지 모른다. 왜냐하면 간단한 2주 염좌나 한 달 이하 사고로는 소송이 걸리지 않기 때문이다.

애초에 그런 작은 사고로 돈을 받아 내려는 놈들은 소송보다는 그냥 보험사를 귀찮게 하려는 게 일반적이다. 소송하면 지는 걸 아니까.

그렇기에 소송하는 경우는 아예 장애가 영구적으로 남거나 사람이 사망한 때 정도다.

그런 경우 보험사는 어떻게 해서든 돈을 지급하지 않기 위해 혈안이 되어서 피해자를 괴롭힌다.

당장 약관만 봐도 도시 노동자 일실이익과 가동 일수, 그러니까 살아 있는 동안 일해서 받을 수 있었을 임금을 계산해서 배상한다고 버틴다.

그런데 법적으로는 그런 경우 미래에 벌 수 있는 모든 돈, 예를 들어 보너스나 임금 상승의 가능성도 따진다.

실제로 과거 의대 4학년생이 사고로 사망한 사고가 있었는데, 보험사에서는 학생이라는 이유로 도시 노동자 최저임금을 기준으로 계산한 배상금을 제시했다.

하지만 재판부는 학생의 성적대로라면 성상석으로 의사가 되는 데에 문제가 없다고 판단했고, 의사로서 벌어들일 수 있는 수익을 계산해서 배상하게 했다.

당연하게도 의사라는 고액 연봉의 특성상 보험사가 본래 지급하려 했던 돈과 재판에서 이겨서 받은 돈은 스무 배 가까이 차이 났고 말이다.

그야말로 풍족한 집안 덕에 소송할 수 있었기에 가능했던 결과. 만약 돈이 없었다면 그들의 괴롭힘에 어쩔 수 없이 당했을 거다.

'이게 바로 동일한 서비스를 제공한다는 건가?'

새론의 정신.

모든 고객에게 동일한 서비스를 제공하는 것.

그게 단순히 기계적인 표현이 아니라 고객들 한 명 한 명에게 최선을 다하고자 하는 의지가 담긴 표현임이 와닿자 고용근 변호사는 왠지 가슴이 벅차올랐다.

"이 방법을 구체화하면 보험사나 공제조합에서 곡소리가 나겠는데요?"

"그럴 겁니다, 후후후."

⚖️

택시 기사인 전권태는 갑작스러운 소송에 정신을 차릴 수가 없었다.

"뭐야? 5억? 5억? 미친 거 아냐? 5억이라니? 그게 말이 되
느냐고!"

사고가 났지만 애초에 자신이 감당할 수 있는 수준이 아니
기 때문에 당연히 공제조합에 넘기고는 신경도 쓰지 않았다.

그런데 갑자기 소장이 날아온 것이다.

그것도 무려 '5억'을 배상하라는 소장이.

당연히 그는 그걸 들고 공제조합으로 달려갔다.

"야! 조합장! 이게 뭐야!"

"응?"

전권태가 들이닥치자 공제조합의 직원들은 어리둥절한 얼
굴로 그를 바라보았다.

"무슨 일이십니까?"

"무슨 일이냐니! 이게 뭐야! 이게 뭐냐고!"

"소장 아닙니까?"

"이 새끼들아! 내가 매달 비싼 조합비를 내는 이유가 뭔
데? 뭐? 돈을 못 줘?"

너무나도 기가 막혔던 전권태는 소리를 지르며 난동을 부
렸다.

그러자 직원 중 한 명이 소장을 받아서 살폈다.

"이거 노형진 변호사 사건인데?"

"노형진?"

"그 5억이라는 인간?"

다들 처음 당하는 상황에 당혹감을 감추지 못하고 서로를 바라보았다.

"무슨 일이야?"

그때 이사 중 한 명이 나와서 소리를 질렀다.

"어…… 이사님, 이거 좀 보십시오."

"뭔데?"

"노형진이 전권태 조합원에게 민사소송을 걸었습니다."

"뭐?"

그 말에 이사는 성큼성큼 다가와서 소장을 낚아채어 읽기 시작했다.

소장의 내용은 간단했다.

택시 공제조합에서 배상을 거부한 상황이니 1순위 손해배상책임자이자 사고 당사자인 전권태에게 손해배상을 청구한다는 소리였다.

소장을 살펴보던 이사의 눈동자가 흔들렸다.

이런 건 생각도 해 보지 못한 일이니까.

"크흠…… 그러니까, 전권태 씨한테 돈을 배상하라 그거네요?"

"이게 말이나 되느냐고! 택시 공제조합 비용이 싸냐고! 내가 왜 그 돈을 낸 건데? 어? 그런데 배상금을 못 준다고? 지금 그걸 말이라고 하는 거야?"

"아니, 그건……."

확실하게 말하면 이건 말도 안 되는 상황이기는 하다.

하지만 공제조합은 그동안 어떻게 해서든 돈을 주지 않기 위해 이렇게 처리해 왔다.

'이걸 어쩐다?'

현 상황에서 소송대로라면 전권태는 5억을 물어 줘야 한다.

실제로 변호사도 이건 세금까지 낸 확실한 돈이기 때문에 피할 수 없다고 했으니까.

하지만 그렇다고 포기하고 배상금을 내주는 건 말도 안 되는 일이었다.

당연하게도 이사의 선택은 전권태가 아니라 회사였다.

아무리 조합원이라지만 일개 택시 기사와 회사 중 가치가 높은 건 회사니까.

더군다나 회사의 경우에는 이미 소송을 한 상황이다. 만약 여기서 소송을 취하하고 돈을 준다면?

'다음번에도 이럴 거야. 그럴 수는 없어.'

절대로 돈을 줄 수 없다는 생각에 이사는 단호하게 선을 그었다.

"죄송한데, 이 사건에 대해서는 저희가 해 드릴 수 있는 게 없네요."

"뭐라고?"

"이건 전권태 씨에게 걸린 소송이니까요. 저희는 노형진 변호사에게 채무 부존재 확인 소송을 하고 있는 중이라서요."

"야, 이 미친 새끼야! 그게 말이 돼?"

전권태가 법에 대해 잘 알지는 못하지만 자신이 왜 보험에 드는지도 모를 정도의 바보는 아니었다.

그런데 그런 그가 보기에도 이건 과실률이 100 : 0이라 배상금을 줘야 하는 사건이다.

그런데 채무 부존재 확인 소송이라니.

"저희가 도와드릴 수 있는 게 없습니다."

그럼에도 단호한 이사의 태도에 전권태는 입을 쩍 벌릴 수밖에 없었다.

⚖

"역시나 소송 취하를 안 하네."

노형진은 자신이 전권태에게 손해배상 청구 소송을 할 경우 공제조합이 보일 반응으로는 두 가지가 가능하다고 판단했다.

첫 번째, 공제조합에서 조합원인 가해자를 보호할 목적으로 일단 채무 부존재 확인 소송을 취하하고 합의에 나선다.

두 번째, 아예 가해자와 선을 긋고 계속 소송을 이어 간다.

그리고 노형진은 전자보다는 후자의 가능성이 높다고 보고 있었는데, 실제로도 그가 목도한 결과는 후자였다.

"에헤, 역시 그렇게 나오네. 뭐, 당연한 건가?"

"결국 이권 단체니까."

공제조합은 해당 업에 종사하는 사람들을 보호하기 위한 집단이 아니다.

그런 식으로 표현은 하지만, 사실 그 업계에서 독점권을 가지고 이권을 차지하는 게 그들의 목적이다.

"그러니까 조합원이 어떻게 되든 그들은 상관없는 거지."

사실 조합원이 망하든 말든 자기들 돈만 지킬 수 있다면 공제조합으로서는 손해 볼 게 없다.

그러니까 어찌 보면 방치하는 게 당연한 일이라고 볼 수도 있다.

"그러면 어떻게 해야 하나? 솔직히 우리가 뭘 어쩌기도 애매하잖아."

"이제 재산을 가압류해야지."

"재산을?"

"차량은 주행거리가 늘어날수록 감가상각이 커지지. 당연하게도 그걸 막아야 하지 않겠어?"

노형진은 씩 웃으며 말했다.

"그 공제조합은 단순히 한 명만의 문제라고 생각하는 모양이지만 말이야."

이건 절대로 한 명만의 문제가 아니다.

다수의 문제이며, 동시에 모든 택시 기사들의 문제다.

"그러니까 제대로 털어 봐야지."

$$\oplus$$

가압류의 목적은 간단하다. 상대방이 재산을 은닉하거나 가치를 변동시키는 것을 막는 행위.

물론 가압류를 한다고 해서 가치가 변동되는 걸 아예 막을 수는 없다.

가령 비트코인 같은 건 매시간마다 변동되기에 압류한다고 해서 그 가치를 보전할 수는 없다.

실제로 비트코인이나 주식을 가압류했는데 나중에 공매 시기에 그 가치가 변해서 수익이 몇백억이나 난 사례가 실제로 존재한다.

반대로 가압류 시점에 높았던 가격이 공매 시점에 휴지 조각이 되는 경우도 있고 말이다.

하지만 사용에 따라 가치가 빠르게 변하는 물건의 사용은 막을 수 있다. 가령 차량 같은 거 말이다.

"차량을 압류하면 전권태라는 사람이 어떤 생각을 하겠어?"

"미치겠지."

"맞아. 그리고 그때부터 전권태는 우리 편이 되는 거야."

"아, 그러겠네."

전권태는 회사 택시를 운전하는 사람이다. 그런데 만일 차량의 가치를 지켜야 한다는 이유로 주행을 못 하게 막는다면?

그는 먹고살 방법이 없다.

물론 그가 사고를 낸 후에 차량을 수리하거나 병원에 있는 동안에는 먹고사는 데에 문제가 없을 거다. 공제조합에서 그에 대한 돈이 나오니까.

실제로 일부 질이 좋지 않은 택시 운전기사들은 그 돈을 노리고 사고를 내기도 한다.

어설프게 돈을 버느니 그냥 사고를 내고 공제조합과 보험사로부터 돈을 받으며 쉬는 편이 낫기 때문이다.

"하지만 차량이 압류된 상황에서 과연 공제조합이 돈을 줄까?"

당연하게도 안 준다. 그런 규정은 없으니까.

그리고 생계에 대한 불안은 사람을 조급하게 만든다.

"보험사나 공제조합이 수작을 부리는 방법이 그거잖아?"

생계를 인질로 하여 상대방을 농락하는 것.

그걸 가장 잘하는 게 바로 보험사와 공제조합이다.

"그걸 그대로 돌려주는 거네?"

"맞아. 과연 그쪽은 버티는지 두고 보자고, 후후후."

⚖

전권태는 회사 택시를 운영하는 사람이다.

회사에서 배차받아서 차를 운영하고 수익을 분배한다.

과거에는 사납금을 받아서 운영했지만 법적으로 금지되면서 사납금식 운영을 못 하게 되었기에 이제는 월급제 운영을 해야 한다.

　　당연하게도 그건 고용인으로서 회사가 모든 책임을 져야 한다는 소리였다.

　　그런데 그런 경우, 차량의 보험은 당연히 회사에서 지급해야 한다.

　　물론 회사 입장에서야 누가 운전하든 상관없는 보험을 들어 놨기에 사고가 나도 공제조합에서 돈을 낼 거라 생각했다.

　　설사 아니라고 해도, 회사의 택시를 운전한 운전사가 해결할 문제라 생각했다.

　　실제로 차라리 가벼운 사고는 직접 물어 주는 사람도 있으니까.

　　그런데 그런 회사에 날벼락이 떨어졌다.

　　"뭐라고? 압류?"

　　"네. 현재 회사에서 운영 중인 택시에 대한 가압류가 떨어졌습니다."

　　"아니, 왜?"

　　"전권태 씨가 일으킨 사고 때문입니다."

　　"지난번에 수입차 박은 거? 그게 왜?"

　　"보험사에서 그에 관해 배상을 못 해 준다고 채무 부존재 확인 소송을 걸었습니다."

직원의 말에 한강택시의 사장인 한우주는 기가 막혔다.

"그게 뭐 하루 이틀 일이야?"

택시 공제조합에서 채무 부존재 확인 소송을 거는 거야 거의 100%다. 한 푼이라도 덜 주려고 하는 게 택시 공제조합이기 때문이다.

실제로 택시 공제조합은 손해배상금도, 위자료도 안 주려고 한다.

그래서 일반적으로 보험사에서 추후 치료비까지 해서 한 250만원 정도 나오는 사건을, 공제조합은 이런 식으로 상대방을 괴롭혀서 한 30만 원만 주고 끝내는 경우가 대부분이었다.

"대체 뭐가 문제인 거야?"

하루 이틀 그런 게 아니니까 당연히 뭐가 문제인지도 모르는 상황.

그런 상황에서 이건 날벼락이나 다름없었다.

"그게, 회사에 관리 책임을 묻겠다고……."

"뭔 개소리야? 그러니까 그걸 왜 우리한테 묻느냐고! 공제조합은 뭐, 놀아?"

당연히 공제조합에서 배상해야 하는 돈이다.

"그게, 저도 잘 모르겠습니다만……."

"야, 이 새끼야! 모르면 알아 와야 할 거 아냐!"

한우주는 언성을 높일 수밖에 없었다.

하지만 무슨 법률 회사 직원도 아니고 어제까지만 해도 택

합법+합법=불법? **149**

시 배차나 하던 직원이 법률적인 과정에 대해 알 리가 없지 않은가.

결국 참다못한 한우주는 압류 통지서를 낚아챘다.

"내놔, 이 새끼야."

그걸 들고 바로 변호사에게로 달려간 한우주.

통지서를 살펴본 변호사는 어이가 없다는 듯 말했다.

"이건 답이 없습니다."

"네? 아니, 왜요?"

"왜냐고 물으신다면…… 이건 일단 보험사가 거부했잖습니까?"

"그럼 공제조합에 달라고 하면 되죠. 왜 우리 차를 압류하나요?"

속이 터져 죽을 것 같은 모습으로 한우주가 연이어 묻자, 변호사가 끙 소리를 냈다.

"음, 이게 좀 복잡한데요. 이 소장의 주장에 따르면 말입니다, 공제조합은 한우주 씨의 회사인 한강택시에서 돈을 받고 보험을 제공하고 있죠?"

"그렇죠?"

"그런데 보험사가 보험금의 지급을 거절했죠? 채무가 존재하지 않는다면서."

"맞습니다."

"그러면 그 배상책임은 사고를 낸 회사에 있습니다. 정확하게는, 사고를 낸 운전사와 그를 고용한 한강택시에 있는 거죠."

"하지만, 이런 일에 대비해서 공제조합비를 내는 거잖아요."

"바로 그게 문제인데요."

변호사는 도무지 이해가 되지 않는다는 얼굴을 하고 있는 한우주에게 곤혹스러운 목소리로 말했다.

"간단하게 말하자면, 저쪽에서 누구한테 소송을 걸든 그건 저쪽 선택이라는 거죠."

"네?"

"일단 한강택시와 사고 당사자인 전권태 씨가 1차 배상책임자이고 택시 공제조합이 2차 배상책임자입니다. 이해하셨죠?"

"네."

"그런데 2차 배상책임자가 배상을 거부했다고 해서 한강택시와 전권태 씨의 과실이나 배상책임이 사라지는 건 아니거든요."

"그러니까 제가 그거 배상하라고 보험료를 오질나게 비싸게……."

"자 자, 여기서 문제입니다. 저쪽은 납부를 거부했고, 그래서 1차 책임자에게 책임을 물었잖습니까? 그렇죠?"

"그렇죠."

"그러면 이건 당사자가 바뀌는 겁니다. 이제 법적으로 과정을 보면 한강택시와 전권태 씨가 일단 배상한 후에 택시 공제조합에 구상권을 청구하는 게 맞습니다."

"구…… 구상권요?"

"원래 거기서 줘야 하는 돈이지 않습니까?"

하지만 안 줬다.

당연히 그 과정에서 누구에게 청구하든 그건 피해자의 권한이지 보험사나 가해자의 권한이 아니다.

이 세상의 누구든 돈을 쉽게 주려고 하지는 않을 테니까.

"하지만 분명 교통사고 책임은 보험을 들면 묻지 않는다고……."

"아, 물론 그건 그렇지요. 하지만 그건 형사뿐입니다."

"형사요?"

"네, 형사적 처벌과 민사적 손해배상은 전혀 다른 문제죠."

변호사의 설명에 간신히 현실을 이해한 한우주는 눈앞이 캄캄해지는 것 같았다.

그는 쥐어짜듯 목소리를 내서 물었다.

"그러면…… 저는 어떻게 해야 합니까?"

"그거야……."

변호사는 그 말에 소장을 바라보다가 어쩔 수 없다는 듯 말했다.

"일단 보험사에 이야기해서 보험금을 지급하게 하는 방법이 있고요."

"그리고요?"

"일단 돈을 준 후에 보험사를 대상으로 구상권을 청구하시는 방법이 있습니다."

"안 줄 방법은 없습니까?"

"없죠."

명백하게 이쪽 과실이다. 그런 상황에서 주지 않는 건 불가능하다.

"그럴 것 같으니까 가압류를 건 거 아니겠습니까."

"그건……."

"그리고 이게 가장 큰 문제인데, 가압류 상태에서는 택시 운행이 불가능할 겁니다."

"네? 그게 뭔 소리입니까?"

"가치의 하락을 막을 수 있는 행동은 불법이거든요."

고정된 기계나 건물 또는 계좌 같은 건 이용한다고 해서 가치가 떨어지는 물건이 아니다.

그 기간이 터무니없이 길어지면 문제가 되겠지만, 법적으로 본다면 사용함에 따라 가치가 하락하는 속도가 용납되는 수준이기 때문이다.

"하지만 차량은 다르죠."

차량은 주행거리에 따라 가치가 엄청나게 빨리 떨어지는 물건 중 하나다.

더군다나 택시의 경우는 하루 주행거리가 100킬로미터씩

되기 때문에 그로 인한 감가상각이 엄청나게 심한 편이다.

오죽하면 안전을 이유로, 일정 거리 이상 주행하면 택시를 폐차하도록 되어 있다.

즉, 택시로 운영하게 되면 그로 인한 손실은 불가피하다는 것.

"그러면 저희 택시는……?"

"운영 못 하십니다. 아, 물론 전부는 아닐 겁니다만……."

배상금이 무려 5억이다.

그런데 중고차, 특히 택시는 감가상각이 상당히 심하다. 상태가 좋아야 천만 원 정도이고 말이다.

그리고 가압류는 자금을 조금 넉넉하게 잡아 놓는 편이다.

특히나 이렇게 감가상각이 심한 물건의 경우는 더 낮은 가격으로 판단한다.

"어……."

결국 현재 회사에서 보유한 차량 중 그나마 운행이 가능한 차량은 30대 정도라는 소리다.

"미치겠네."

한우주는 울상이 되었다.

⚖️

"이게 다라고?"

"네."

"좋은 차들은?"

"가장 먼저 압류 대상이 되었지요."

직원의 말에 한우주는 어이가 없었다.

운행이 가능한 택시를 다급하게 찾아본 결과는 비참하기 그지없었다.

사실 택시 회사는 어느 정도 차량에 여유분이 있다.

어쩔 수가 없는 게, 택시 운전기사는 선호되는 직업이 아니기 때문이다.

회사에 차량이 200대라면 보통은 120대에서 140대 정도만 운영하고 나머지 60대는 운영을 안 하거나 못 한다.

일단 정비 중인 차량이나 상태가 안 좋은 차량을 최후 순위로 빼 두고, 또 추가로 인원이 부족해서 차를 대기 상태로 둘 때는 상태가 안 좋은 차량을 우선적으로 뺀다.

사람들은 차를 곱게 세워 놔야 오래 쓸 수 있다고 생각하지만 이런 움직이는 기계는 어느 정도 사용해 줘야 도리어 수명이 길어진다. 그래서 보통은 최대한 좋은 차량을 먼저 내보낸다.

상식적으로 그래야 한 명이라도 더 많은 손님을 태울 수 있으니까.

"고작 30대?"

"정확하게는 24대입니다. 6대는 못 굴려요."

"아니, 왜? 움직인다며?"

"움직이기야 하죠. 그런데 상태가 안 좋아서 언제 퍼져도 이상할 게 없습니다."

"그건 왜 그따위인데?"

"그, 옛날에 새벽 영업 뛰던 놈들이라……."

"아, 씨팔."

새벽 영업이 뭘 의미하는지는 한우주가 가장 잘 안다.

소위 말하는 '총알택시'라는 거다.

지금이야 늘어난 카메라와 단속 때문에 사라졌지만, 과거 총알택시는 차량의 한계를 무시하고 시내에서 180킬로미터 씩 밟는 미친놈들이 몰았다.

당연히 차량 내부가 개판일 수밖에 없었다.

애초에 총알택시가 사라진 시기를 생각하면 차량의 내구 연한이 바로 코앞이라고 봐도 무방할 거다.

"원하시면 투입할 수는 있는데 권해 드릴 수는 없습니다. 애초에 부품용으로 쓰던 놈들이라서요."

즉, 쓸 만한 거 다 빼내고 쓰레기로만 꽉 차 있다는 거다.

그런데 그런 걸 몰다가 사고 나서 사람이라도 죽으면…….

"대가리 빠개지겠네."

한우주는 머리가 아파 왔다.

그렇다고 딱지가 붙어 있는 걸 쓸 수도 없는 노릇.

하지만 문제는 그것뿐만이 아니었다.

"아니, 뭐야? 차가 없다는 게 말이나 돼?"

"그러면 우리더러 어쩌라는 거야?"

출근했던 운전사들 입장에서는 날벼락도 이런 날벼락이 없었다.

일을 해야 하는데 운전할 차가 없다니.

"이건 뭔데? 이거 세워 놓고 뭐 하자는 건데?"

"그건 가압류 상태라 운행 금지입니다."

"그냥 가지고 가면 안 돼? 잠긴 것도 아니잖아!"

"안 됩니다."

"내가 아는 사람은 차를 압류당해도 잘만 몰던데?"

"안 됩니다!"

엄밀하게 말하면 차량이 압류되었다고 운행까지 금지하는 건 아니다. 애초에 차량의 운행을 막는 건 차량의 가치 하락을 막기 위함이니까.

그래서 차량이 가압류되어도 일반 차량의 경우는 운행이 가능하다.

그리고 그건 택시도 마찬가지다. 가압류되었다고 해도 그걸 타고 볼일을 보는 것까지 막을 수는 없다.

하지만 가압류되면 택시의 처분이 금지된다.

즉, 차를 잠깐 운전하는 건 상관없지만 차를 이용해서 영업 행위를 하는 건 불가능하다는 소리다.

그리고 차가 움직이면 가스비에서부터 온갖 돈이 다 들어가는 회사 입장에서는 택시를 내줄 수가 없는 거다.

"아니, 그리면 우리는 우짜라는 겨?"

택시 기사 중 한 명이 목소리를 높였다.

그렇잖아도 먹고살기 힘든 판국이다. 코델09바이러스 때문에 손님이라고는 눈 씻고 찾아도 없는 상황인데, 이제는 택시마저 운행을 못 한다니.

"별수 없습니다, 이 일이 해결될 때까지는."

"도대체 뭔 일인데?"

"지금은 말씀 못 드리고요. 금방 풀릴 테니까 걱정하지 마세요."

직원들은 몰려든 택시 기사들에게 최대한 좋게 설명해 줬지만 상황이 쉽지 않으리라는 것은 다들 알고 있었다.

그때 이번 사건의 주범이자 원인이 된 전권태가 자신의 억울함을 다른 동료 운전기사들에게 토로했다.

"씨팔, 공제조합에서 돈 못 준대."

"뭐? 그게 뭔 소리야?"

오랜 시간 공제조합에 돈을 내 온 사람들이기에 다들 그 말에 어리둥절할 수밖에 없었다.

"나 얼마 전에 외제 차랑 사고 났잖아."

"그건 알지."

솔직히 택시 운전하면서 교통사고 한번 안 나 본 사람들이 얼마나 되겠는가? 그렇다 보니 한두 번씩은 공제조합과 엮일 수밖에 없었다.

애초에 공제조합이 제공하는 서비스가 보험뿐이 아니니 엮이지 않을 수가 없다.

"그런데 그게 왜? 아직도 합의 못 했어?"

"공제조합이 채무 부존재 확인 소송을 걸었단다."

"뭐, 그게 어디 하루 이틀 일이야? 근데 그거랑 우리가 무슨 상관인데?"

"그래서 우리 회사를 압류한단다. 나도 압류당했어."

"미친!"

그러니까, 공제조합에서 돈을 못 준다고 하니 회사에 압류를 진행했다는 거다.

물론 대부분의 운전기사들은 그게 뭘 의미하는지는 잘 알지 못했다.

법률적 과정이 어쩌고저쩌고하는 걸 다 알기에는 세상이 너무 복잡하니까.

중요한 건 이거였다.

"그러면 우리 여기서 일 못 해?"

"못 하지 싶은데?"

가압류를 풀기 위해서는 그 돈을 지급할 능력이 있음을 증명해야 한다.

문제는 지금이 택시 회사들에 지옥 같은 시기라는 거다.

코델09바이러스로 인해 대출로 연명하는 상황에서 빚은 엄청나게 늘었고, 그래서 매일같이 택시비를 인상하라고 정지권에 요구하는 상황이다.

하지만 택시비를 올려 봐야 무슨 의미가 있겠는가? 지금 같은 상황에서는 타려고 하는 사람조차 없는데.

애초에 사람들이 밖으로 나오지 않는데 누가 택시를 타겠는가?

얼마 전에도 택시 회사 하나가 부도난 걸 소문으로 들은 기사들 입장에서 이건 생존의 문제였다.

"그러면 우리는 어떻게 되는 거야?"

"좆 된 거지."

"니미 씨팔! 이게 말이나 돼?"

사실 택시 기사는 그다지 인기 있는 직업도 아니다.

오죽하면 사회에서 막장 직업을 이야기할 때 꼭 언급되는 것 중 하나가 택시 운전기사다.

실제로 택시 운전기사들은 나이는 먹고 달리 어디 갈 데 없는 사람들이 선택하는 직업이라는 소리를 듣곤 한다.

그런데 이 회사가 사라지면?

"우리는 어쩌라고?"

"이 시기에 어딜 가서 취업하라고?"

"다른 택시 회사에 가도…… 받아 주지 않을 것 같은데."

원래 사납금은 불법이었다.

하지만 처벌 규정이 없었기 때문에 그걸 지키지 않아도 정부에서는 통제를 못 했다.

하지만 올해부터는 아니다. 사납금 제도 또는 그와 비슷한 제도를 철저하게 불법으로 막아 버리면서 택시 업계가 혼란스러워진 상황이다.

당연히 이런 상황에서는 이직도 쉽지 않다.

전처럼 돈만 주면 되는 게 아니라 일단 수익을 전부 수령하고 나중에 월급으로 받아야 하는데, 코넬09바이러스로 인해 택시 업계가 심각한 혼란에 빠진 상황이기 때문이다.

수익이 나오지 않으니 월급도 부담스럽고 당연히 택시 기사도 뽑지 않는다.

코넬09바이러스가 퍼지기 전까지만 해도 택시 업계는 고질적인 인력난에 시달렸지만, 지금은 반대로 입사하고 싶어도 택시 회사에서 안 받아 준다.

돈은 안 벌리는데 월급은 줘야 하기 때문이다.

당연히 이 회사가 망하면 다들 어디로도 가지 못하게 된다.

"어쩌지?"

"이제 와서 뭘 어쩌자는 거야?"

택시 기사들은 혼란스러웠다.

물론 월급제이기 때문에 오늘 일을 못 나가도 월급은 나온다.

하지만 그 월급으로 받는 돈이 터무니없이 적기 때문에 그 돈으로 생활을 이어 가는 것 자체가 불가능한 수준이었다.

"젠장. 왜 그런 짓을 하는 거야, 그 새끼들은!"

"이런 일이 한두 번도 아니고."

수십 년간 그 짓을 해 왔지만 누구도 막지 못했다.

사실상 방치했다는 표현이 옳을 것이다.

왜냐하면 그렇게 돈을 주지 않는 게 자기들에게 이익일 거라 생각했기 때문이다.

"어쩌지? 이대로 다 같이 죽을 수는 없잖아!"

분위기는 축 늘어지고 말았다.

대부분의 사람들은 먹고살기 위해서 돈이 필요하다.

당장 돈을 벌어야 하는 상황.

그때 문득 누군가가 입을 열었다.

"그, 사납금이라도 돌려 달라고 해 볼까?"

"사납금? 그건 이제 안 받잖아."

"아니, 그동안 받아 간 사납금이 있잖아. 그것도 엄밀하게 말하면 불법이라면서?"

"그……렇지?"

"그걸 달라고 하면 안 되나?"

쉽게 말해서 이거다.

수년에서 수십 년 동안 내 온 사납금을 돌려 달라는 것.

여기에 있는 사람들은 택시 회사가 월급제로 바뀌기 이전부터 수년간 택시 기사로 활동한 사람들이다. 그러니 사납금을 돌려받는다면 그 금액이 적지 않을 거다.

"전에도 어디서 그걸 돌려받아서 회사를 통째로 인수하지 않았어?"

"아, 거기? 알지. 거기는 그나마 요즘 살 만한가?"

"뭐, 우리보다는 낫겠지."

긴 한숨을 쉬는 사람들.

"그럼 우리도 그 돈을 돌려 달라고 해 볼까?"

"그러다 잘리면 어쩌려고?"

"어차피 이러다 망해도 다 죽는 건데, 뭐."

그 말에 다들 침묵을 지켰다.

농담이 아니다.

택시를 운영하지 못하는 택시 회사라니. 그러면 망할 수밖에 없지 않은가?

"지금 우리가 그만둔다고 해도 갈 곳도 없고."

최소한 이 위기를 넘기기 위해서는 돈이 필요하다. 그것도 적지 않은 돈이.

"일단 이야기라도 해 볼까?"

근간을 흔들다

누군가 그랬다, 나쁜 일은 절대로 혼자 오지 않는다고.

한우주에게는 지금이 딱 그랬다.

"뭐요? 사납금?"

"네. 그동안 저희가 드린 거, 주실 수 있습니까?"

"아니, 이봐요. 꼭 그렇게 해야겠습니까? 이러다간 우리
다 죽어요."

"그건 그런데…….""

택시 운전기사들의 말에 한우주는 미칠 것 같았다.

그렇잖아도 힘들어 미칠 것 같은 상황이다.

그런데 갑자기 택시 운전기사들까지 이 지랄이라니.

"하지만 이대로라면 회사도 망하지 않습니까?"

"그건 그런데."

"솔직히 말해서 회사가 살 가능성이 좀 있다면 모르겠지만 택시 운영도 못 하는 상황에서 뭘 어쩌라고 이러는 겁니까? 저희라도 살아야지요."

그 말에 한우주는 숨이 막혔다.

틀린 말은 아니다. 택시 운영을 못 하는 상황에서 어떻게 보면 저 사람들도 선택지가 없다.

그런데 그간 쌓아 둔 사납금을 돌려받으면 상당히 오랫동안 버틸 수 있을 테니까.

하지만 그렇다고 해서 자신이 죽을 수는 없지 않은가?

"애초에 그게 가능하지도 않습니다."

"네?"

"사납금요? 네, 드릴 수 있으면 좋지요. 문제는 말이죠, 5억을 못 줘서 우리 차량이 다 가압류 상태라는 겁니다. 우리 사납금이 얼마나 될 것 같아요?"

"아……."

당연히 5억은 훌쩍 넘을 거다.

"차를 가지고 가고 싶어요? 이미 가압류된 걸 어떻게 가지고 갈 건데요?"

당연히 우선권은 압류한 노형진에게 있다.

즉, 사납금을 돌려받으려 해도 돌려받을 수가 없으니 같이 죽을 일밖에 없다는 소리다.

"그러면…… 우리는……."

"우리는 같은 배를 탄 겁니다. 같이 죽든가, 같이 살든가."

"헐."

그 말에 택시 운전기사들은 혼란스러워졌다.

물론 소송해서 이길 수는 있을 거다.

하지만 사장의 말이 틀린 것도 아니다.

당장 줄 돈이 없는데 어떻게 준단 말인가?

"그러면 어떻게 하죠?"

"일단…… 회사의 가압류라도 풀어 달라고 해야지요."

"그게 될까요?"

"글쎄요……. 만나 봐야 알겠지요."

결국 한우주는 오랜 고민 끝에 답은 하나뿐이라는 사실을 받아들일 수밖에 없었다.

⚖️

"가압류를 풀어 달라고요?"

"네, 이러다 저희 다 죽습니다."

한우주는 거의 빌다시피 노형진에게 부탁했다.

"저희가 나중에 어떻게든 그 돈을 갚겠습니다."

변호사는 안 줄 수는 없는 돈이라고 했다. 다만 추후 공제 조합에서 받아 낼 수 있다고 했다.

그러니 일단은 급한 불을 끄고 싶었다.

빌어서라도 택시에 걸린 운행 금지만 풀 수 있다면 뭐라도 해 볼 수 있을 테니까.

하지만 노형진은 단호하게 말했다.

"거절하겠습니다."

그 말에 한우주는 고개를 숙였다.

결국 망하는 수밖에 없다는 걸 뼈저리게 느껴 버렸기 때문이다.

파멸이 코앞이라는 사실에 한우주는 눈물이 흘렀다.

'망할 공제조합 놈들.'

사실 이건 공제조합의 잘못이다. 자신들은 이럴 때 쓰라고 조합비를 낸 거 아닌가?

게다가 공제조합은 손실이 거의 없다시피 하다.

왜냐하면 이렇게 금액이 큰 경우 공제조합도 미리 들어 둔 보험에서 돈이 나오기 때문이다. 그들의 손실은 약간의 보험료 상승으로 끝이다.

그런데 고작 보험료 조금 상승하는 게 아까워서 고객인 자신들이 망하도록 몰아붙이고 있는 거다.

그때 노형진의 목소리가 들렸다.

"물론 다른 조건이라면 합의 가능하겠습니다만."

"다른 조건이라고요?"

그 말에 한우주는 귀가 솔깃했다.

죽을 수밖에 없는 상황에서 살 방법이 있다면 어떻게 해서든 잡아야 하니까.

"뭡니까, 그게?"

"선동 좀 해 주세요."

"선동요?"

"네. 공제조합에 가입한 회원들 말입니다. 한둘이 아닐 텐데요."

"그거야…… 그렇지요."

공제조합에 들어가는 게 강제는 아니지만, 공제조합에 들어가지 않으면 거기서 제공하는 혜택도 받지 못하기 때문에 거의 모든 택시 조합이 공제조합에 들어갈 수밖에 없다.

'그리고 공제조합은 생각보다 규모가 작단 말이지.'

당연하다.

택시 공제조합에 들어가기 위해서는 택시를 몰아야 하는데, 개인택시는 별도의 개인택시 공제조합이 있기 때문에 결국 회사 택시만 들어간다.

그런데 그 회사 택시의 경우는 사람이 들어오고 나가는 일이 워낙 빈번하다.

예를 들어 택시 공제조합에는 일정 기간 동안 택시 기사로 일하면 전별금이라고 일종의 퇴직금을 주는 제도도 있는데, 이 조건을 충족하여 그 돈을 받는 사람이 거의 없다.

택시 업계는 사람의 교체가 아주 심한 곳 중 한 곳이기 때문이다.

그래서 결국 택시 공제조합에 가입해서 성실하게 돈을 내는 사람들은 극히 일부에 지나지 않는다.

"그러니까 다른 곳에 이 소문을 퍼트리세요. 그리고 선동하세요."

"하지만……."

"선택하세요. 어쩌시겠습니까?"

망할 것인가, 아니면 선동할 것인가?

사실 답은 정해져 있다.

"하지만…… 저희 입장에서 마냥 탈퇴하라고 선동하기는 어렵지 않습니까?"

탈퇴하라고 선동하기 위해서는 한강택시부터 탈퇴해야 한다.

그런데 그렇게 되면 보험의 지원을 받지 못하게 돼서 결국 직접 돈을 물어 줘야 한다.

"탈퇴하시면 안 되죠."

"네?"

"저희 새론입니다, 새론. 새론에서 시스템화되면 더 이상 장난 못 치는 거, 모르십니까?"

그 말에 한우주의 눈동자가 흔들렸다.

그런 건 몰랐으니까.

"이제 우리는 이 모든 소송을 홍보할 겁니다. 제 요청을 거부하신다면 우리는 당신네 회사를 망하게 한 다음 그 사실을 자랑스럽게 홍보할 거예요. 그러면 다른 사람들은 택시 회사와의 소송을 모두 우리에게 가지고 오겠지요."

그때는 말도 안 되는 헛소리만 하는 공제조합과 싸울 이유가 없다. 그냥 바로 1차 배상책임자인 택시 회사와 싸우면 되니까.

"이야기는 들으셨을 겁니다. 일단 우리한테 돈을 준 후에 공제조합에 청구하면 된다고."

"그거야……."

"그런데 과연 공제조합에서 당신한테는 채무 부존재 확인 소송을 안 걸까요?"

"……!"

걸 거다, 반드시.

그들의 목적은 합의가 아니라 돈을 아끼는 거니까.

무조건 채무 부존재 확인 소송을 걸 거고, 이쪽은 돈이 없으니 패배하거나 설사 받더라도 준 돈의 일부만을 돌려받을 수 있을 거다.

"어째서요? 저희가 드린 건데!"

"법이라는 게 애매해서요."

피해자는 법적으로 줘야 하는 돈이 정해져 있기 때문에 공제조합에서 괴롭힐 수는 있을지언정 돈을 안 줄 수는 없다.

그에 반해 택시 회사는 피해자가 아니다.

법적인 규정에 따라 줬다고 해도, 공제조합이 어떻게 나오느냐에 따라 정해진 금액에서 상당 부분을 깎을 수 있을지도 모른다.

법이라는 게 그런 거니까.

결과적으로 돈은 돈대로 받아 놓고 공제조합은 보험금을 아예 지급하지 않거나 일부만 줄 수도 있다는 소리다.

"아마 계속 그렇게 굴러갈 겁니다."

가벼운 사고라면 그나마 쉽게 해결될지도 모른다.

하지만 택시 회사를 운영하면서 대형 사고를 피할 가능성은 그리 높지 않다. 언제든 한 번은 걸릴 것이다.

그런데 그때마다 공제조합에서 배상을 거부한다면?

택시 회사는 망하는 거다.

"공제조합을 망하게 하든 아니면 당신이 망하든, 답은 하나뿐입니다."

그 말에 한우주는 침을 꼴깍 삼켰다.

노형진의 말대로 답은 하나뿐이었다.

⚖️

택시 회사의 사장들은 서로 알고 지낸다.

그들은 이번 사태를 심각하게 받아들이고 있었다.

어쩔 수가 없다. 공제조합의 보험 혜택을 받는 사람들이 한둘이 아니니까.

"그러니까 새론에서 그랬단 말입니까? 공제조합을 제치고 그냥 우리랑 소송하겠다?"

"네."

"아니, 왜요?"

"어차피 공제조합에서 채무 부존재를 주장하고 있으니 불법은 아니랍니다."

한우주의 말에 다른 택시 회사 사람은 눈을 찡그렸다.

"그게 말이 됩니까? 우리가 공제조합에 매달 주는 돈이 얼만데!"

"그게, 법적으로 문제가 없답니다."

저쪽에서 채무 부존재를 주장한 이상 피해자 입장에서는 피해를 복구하기 위해 택시 회사를 상대할 수밖에 없다는 것.

"새론에서는 이제 공제조합을 완전히 제외해 버리고 택시 회사를 대상으로 소송하는 방식을 아예 정착시킬 생각이랍니다."

그 말에 다들 얼굴이 핼쑥해졌다.

그렇잖아도 코델09바이러스로 인해 매출이 줄어든 데다가 사납금 제도 대신에 월급제로 바뀌면서 수익이 엄청나게 줄어든 상황이다.

사납금은 기사가 얼마를 벌든 간에 무조건 돈을 채워서 회

사에 줘야 하기 때문에 회사가 손해 볼 일이 없지만, 월급제
는 반대로 실적과 상관없이 무조건 최저 월급은 줘야 하기
때문이다.

그렇다 보니 죽을 맛인데 공제조합까지 속을 썩이다니.

"그렇다고 우리가 공제조합을 상대로 소송할 수는 없지 않
습니까?"

"그게 말입니다, 불가능한 건 아니랍니다."

"뭐라고요?"

"그동안 공제조합에서 해 온 게 있으니까요."

"그게 무슨 말입니까?"

"그게, 우리가 그동안 공제조합에 보험 업무를 맡기지 않
았습니까?"

"그랬죠."

"그런데 공제조합에서 피해자에게 채무 부존재 확인 소송
을 걸어서 돈을 안 줬잖습니까?"

실제로 지금도 걸려 있는 채무 부존재 확인 소송만 수백
건이다.

어차피 조합은 시간을 질질 끌어서 상대방이 포기하기를
바라는 거니까 손해 볼 게 없으니 무조건 거는 거다.

민사소송에서는 변호사가 필수가 아니고, 애초에 질 싸움
이니까 대충 직원 한 명을 대리인으로 선임해서 보내고 시간
을 끄는 게 공제조합의 수법.

"그러니까 그걸 물고 늘어지라고 합니다."

"물고 늘어지라니요?"

"네, 그게 일종의 업무상배임이라고 하더군요."

"업무상배임요?"

"네. 저희가 돈을 주는 건 보험 처리를 위함이 아닙니까?"

그런데 공제조합은 자신들의 이득을 위해 필요 이상으로 소송을 남발하면서 보험금을 지급하지 않고 있다.

그리고 현재 법률적 구조에서 공제조합은 보험 업무를 대리하는 자다.

"그렇게 함으로써 책임지지 않고 결과적으로 자기들 이익을 챙기고 있지 않습니까?"

"그렇지요."

물론 지금까지야 회사에 문제가 생기지 않았으니 택시 회사에서도 그냥 모른 척해 온 거다.

자신들과는 상관없는 일이라고 생각했으니까.

"하지만 이제는 아니죠."

노형진의 말대로 이러한 시스템은 노형진이 구체화할 테니, 공제조합에서 채무 부존재 확인 소송을 걸 때마다 택시 회사에 압류가 걸려서 난리가 날 거다.

그리고 회사에서는 그때마다 막대한 금전적 손실을 입게될 거다.

작게는 차량 몇 대지만 그게 쌓이고 쌓이면 정말로 회사가 망할 수도 있는 거다.

"그러니까 우리더러 고소하라 이거야?"

"저는 할 겁니다. 솔직히 내가 이 꼴 난 건 그 새끼들이 저지른 짓 때문 아닙니까?"

만일 채무 부존재 확인 소송을 걸지 않고 성실하게 합의에 임했다면 이 지랄은 나지 않았을 거다.

"하긴, 그건 그렇지."

다들 고개를 끄덕거렸다.

독점적으로 운영되는 공제조합 때문에 이런 꼴을 보면서도 오랫동안 참아 온 건 사실이다.

"이참에 우리도 정신 좀 차리게 만들어야 합니다."

솔직히 보험료 조금 아껴 보겠다고 조합원을 망하게 두는 꼴 아닌가?

"차라리 탈퇴하면 안 돼? 소송에 들어가면 온갖 지랄을 하면서 우리를 빼 버리려고 할 텐데."

"안 됩니다. 탈퇴하면 혜택을 못 봅니다."

"뭔 소리야?"

"우리는 직원이 아니라 조합원 아닙니까? 그러니까 우리가 소송해도 저쪽에서 우리한테 혜택을 박탈하지는 못한답니다."

택시 공제조합은 말 그대로 '조합'이다.

속한 사람이 조합원이자 한 명의 표를 가진 주주인 셈이다.

"조합원으로서 소송하는 건 우리 권리지만 우리 손으로 탈퇴해 버리면 소송도 못 한다고 하더라고요."

그들의 보험은 조합원을 대상으로 제공하는 하나의 서비스다. 당연히 탈퇴해서 조합원 자격을 상실하면 소송 자격도 사라지는 셈이다.

"하지만 그러면 조합비도 오를 텐데?"

누군가 슬쩍 공제조합을 편들면서 말했다.

"솔직히 그렇잖아. 그렇게 해서 자꾸 보험료가 올라가면? 우리가 내야 하는 보험료도 오를 거라고."

"그러면 망하도록 둘 겁니까?"

"뭐?"

"망하도록 놔둘 거냐고요. 저쪽에서 못 주겠다고 할 때마다 우리가 그 돈을 내야 하는데, 그렇게 망할 거냐고요?"

한우주는 거칠게 몰아붙였다.

그러자 다들 그에 동의한다는 듯 고개를 끄덕거렸다.

사실 노형진처럼 적극적으로 소송하고 재산을 압류하는 경우는 없었지만, 공제조합에서 채무 부존재 확인 소송을 걸어서 성질이 난 피해자가 택시 회사에 항의하거나 찾아와서 따지는 경우는 흔했으니까.

물론 그때마다 자신들은 공제조합에 이미 사건을 맡겼으니 거기에 가서 따지라고 돌려보내곤 했지만, 노형진이 시스템을 만들기 시작한 이상 앞으로는 그게 불가능해질 거다.

게다가 이런 경우 높은 확률로 이 시스템을 다른 로펌에서도 베껴서 운영할 테니 앞으로 사람들은 공제조합 대신 택시 회사와 싸우게 될 텐데, 그에 따라 택시 회사가 공제조합에 구상권을 청구하려면 우선 피해자와 싸우기 위해 변호사를 사고 또 공제조합과 싸우기 위해 변호사를 사는 이중 지출을 해야 한다.

그러면 그때마다 못해도 700만 원은 나갈 테니 애초에 공제조합에 돈을 낼 이유가 없다.

"우리가 조합원으로서 공제조합에 항의하기는 해야 할 것 같습니다."

그들이 잊고 있었던 것. 아니, 신경 쓰지 않고 있었던 것.

그건 그들이 조합원으로서 공제조합을 운영하는 자들과 같은 권리를 가지고 있다는 것이었다.

"그래, 한 번은 뒤집어야지."

회사가 망하게 생겼는데 공제조합의 사정을 봐줄 수는 없었다.

⚖️

"업무상배임? 아니, 이 새끼들이 미쳤나? 감히 누구를 업무상배임으로 고소를 해!"

택시 공제조합장인 중상태는 저도 모르게 언성을 높였다.

조합원인 택시 회사 중 몇 곳이 자신을 업무상배임으로 고소했기 때문이다.

아니, 고소한 걸 넘어서 자신의 해임 건의안을 제출했다.

"아무래도 노형진이라는 작자가 선동한 것 같습니다."

"선동? 그 새끼가 왜?"

"우리가 채무 부존재 확인 소송을 넣지 않았습니까? 그 보복 같습니다."

"그게 이렇게 연결돼?"

"일단 변호사에게 물어봤는데 법적으로 문제는 없다고……."

"이게 법적으로 문제가 없다고?"

"네."

그 말에 중상태는 정신이 아득해졌다.

그도 노형진 사건에 대해서는 들었다.

워낙 배상금이 크다 보니 보고가 올라올 수밖에 없었다. 물론 그 대답은 똑같이 대응하라는 것이었고 말이다.

수년간 이 짓거리를 해 왔고, 그 상대 중에는 변호사도 있었다.

당연히 그 경우에는 시간을 끌어도 변하는 건 없었다.

변호사는 돈만 받으면 된다고 생각하기 때문에 의미 없이 시간만 끌다가 결국 법원의 결정에 따라 돈을 주게 되는 것

뿐.

　그래서 설마 이런 식으로 적극적으로 공격이 들어올 거라 생각하지 못했던 중상태는 곤혹스러웠다.

　"경찰에서는 뭐래?"

　"그게…… 모르겠답니다. 조사해 봐야 한다고."

　판례가 있는 경우는 판례가 중요하다.

　그런데 이번 사건의 경우는 판례가 없다.

　만일 공제조합에서 하는 보험 업무가 택시 회사를 대신해서 합의하는 과정이라면 업무상배임이 될 가능성이 높고, 그게 아니라 공제조합의 고유 업무라면 업무상배임이 되지 않는다는 게 변호사들의 판단이었다고 한다.

　"그런데……."

　"그런데? 왜 거기서 '그런데'가 튀어나와?"

　"그게, 업무상배임일 가능성이 높다고 합니다."

　"어째서?"

　"우리 업무가 우리 측에서 발생하는 게 아니니까요."

　택시 회사에서 사고가 발생하면 이쪽으로 넘어오는 게 일반적인 만큼, 법적으로 보면 대리 권한이 발생한다고 보는 게 맞다는 거다.

　고유 업무라고 보기 위해서는 택시 회사의 사고 유무와는 상관없이 발생해야 하는 거니까.

　"하지만 우리가 소송하는 건 합법이라며!"

"맞습니다."

보험사나 공제조합에서 채무 부존재 확인 소송을 하는 것은 합법이다.

대법원에서는 그렇게 함으로써 법적인 안정성을 확보하는 게 더 중요하다고 판단했기 때문이다.

실제로 대부분의 보험사나 공제조합은 돈을 주기 싫으면 일단 협박의 목적으로 채무 부존재 확인 소송을 걸어 버리지만, 대법원은 대기업의 이익이 개인의 고통보다 우선시한다고 결정을 내린 것이다.

"그게 문제입니다."

"뭐가?"

"우리가 소송을 걸어서 돈을 주지 않는 건 합법이지만……."

동시에 사고 시 합의하고 처리하기 위한 조합비를 조합원들에게서 매년 어마어마하게 받고 있는 상황이다.

그러니 그들이 배상금 지급을 거부한 것으로 인해 조합원들이 직접적으로 소송을 당해 배상하게 된 것은, 그들이 제대로 일하지 않았음을 증명하는 셈이 된다.

"그…… 그게 그렇게 된다고?"

"채무 부존재 확인 소송과 합의 문제는 전혀 다른 사건이라고 합니다."

즉, 소송을 거는 자신들의 권한은 합법이지만 그로 인해 피해가 발생한 의뢰인, 즉 조합원이 항의하고 소송을 거는 것 역시 합법이라는 거다.

"이런 미친!"

그 말에 중상태는 정신이 아득해졌다.

"이거 막아! 어떻게 해서든 막아!"

"이미 조합원들 사이에 소문이 파다하게 퍼졌습니다."

"뭐?"

"이미 서로 전화를 돌리고 뭉치고 있답니다. 지금 대표님에 대한 해임을 건의한다고……."

전혀 생각하지 못한 방향으로 상황이 흘러가 버렸다는 사실에 중상태는 할 말을 잃고 말았다.

⚖

"이거 어쩔 겁니까? 네?"

조합 회의는 긴급하게 열렸다.

어쩔 수가 없었다. 택시 회사들이 뭉쳐서 요구했으니까.

한우주의 한강택시가 당한 꼴을 자신들도 당할 수는 없다.

다행히 한우주는 새론에서 가압류를 풀어 줘서 택시 운영을 할 수 있게 되었다.

하지만 문제는 그걸로 끝나지 않았다.

택시 회사들과 사고가 나서 합의되지 않고 있던 수많은 사건들과 관련하여 새론이 적극적으로 압류가 가능한 방법을 홍보하기 시작했고, 실제로 빠른 사람들 몇몇이 새론을 통해 택시 회사에 압류를 실행했기 때문이다.

"이게 뭐예요! 이게 뭐냐고!"

그들이 들고 온 건 다름 아닌 채무 부존재 확인 소송장.

아직 재판부에서 판결을 내린 건 아니지만 일단 책임자인 택시 회사의 자산을 압류하는 것은 그것만으로도 충분했다.

책임자가 보상을 거부한다는 증거가 이토록 명확한 상황에서 피해자가 자기 손실을 보전하려 하는 건 합법이니까.

"그게 말입니다, 저희 공제조합의 손실을 줄이기 위해서……."

"그러니까 그걸 왜 우리한테 떠넘기느냐고!"

"그게 아닙니다. 그냥 법적으로 저희가 법적인 안정성을……."

"안정성이고 나발이고! 우리가 왜 압류를 당해야 하는데!"

택시 회사 입장에서는 날벼락도 이런 날벼락이 없었다.

자신들은 잘못한 게 없는데 망하게 생겼으니까.

물론 전이었다면 이 정도까지는 아니었을 거다.

하지만 코델09바이러스로 인해 숨통이 꽉 막힌 상황에서 벌어진 일은 택시 회사들의 조급증을 자극했다.

"물론 저희가 최선을 다해서 합의를 진행할 예정입니다."

"이미 합의가 안 되고 있잖아!"

"합의할 겁니다."

중상태는 흥분한 사람들을 진정시키며 이를 박박 갈았다.

'지랄맞네, 진짜.'

방법은 없었다. 돈을 주고 그냥 털어 내는 수밖에.

'씨팔. 좆같은 새끼.'

하지만 그가 잊은 게 있었다. 애초에 합의라는 것은 당사자가 동의해야 이뤄진다는 것을 말이다.

"네?"

"싫습니다만."

법적으로 줘야 하는 돈, 5억.

그런데 그 돈을 주겠다는 소리에도 노형진은 과감하게 거절했다.

"지금 뭐라고······?"

"합의 안 한다고요."

"아니, 왜요? 저희가 뭘 잘못했다고!"

"뭘 잘못하시긴요. 아시잖습니까?"

처음에 웃으면서 합의할 수 있었던 때가 있었다.

하다못해 상황을 설명하면서 설득이라도 했다면 노형진이 이렇게 화가 나지는 않았을 것이다.

하지만 어차피 소송으로 갈 거라 생각했던 그들은 그 대신에 '엿 먹어'를 시전했다.

그런데 이제 와서 합의해 달라?

노형진이 바보도 아닌 이상에야 그럴 생각은 전혀 없었다.

"택시 공제조합에서는 제가 누군지 모르는 모양인데."

정치적인 문제나 경제적인 문제로 시끄러울 일이 그다지 없는 공제조합이다 보니 노형진이 가진 힘에 대해 잘 몰랐다.

그러니까 아무 생각 없이 노형진을 건드린 것이다.

"5억요? 저에게는 그리 큰 의미는 없는 돈입니다만."

"네?"

"법에서 인정하는 손해배상의 규모는 노동임금 기준입니다. 아시죠?"

"아…… 알죠."

"그러면 한 달 5억의 노동임금을 받을 정도의 능력을 가진 사람이 무노동으로 벌 수 있는 돈이 얼마나 될 것 같습니까?"

"……."

'부자들을 건드리지 말라.'라는 말이 존재하는 이유는 그들이 진짜 미쳐서 날뛰기 시작하면 피곤해지기 때문이다.

노형진이 갑질을 하는 사람은 아니지만 갑질을 당하고 그냥 넘어가는 사람도 아니다.

더군다나 여기서 그냥 넘어가면?

자신이야 손해 볼 게 없다지만 이후에도 이 짓거리를 하면서 소송을 계속할 게 뻔하다.

"당신들 입장에서는 그냥 돈을 아끼려는 거겠지요. 하지만 말입니다, 그 돈은 누군가의 목숨값이고 누군가의 미래가 박살 난 대가입니다. 당신네들 보험금 몇 푼을 깎을 수 있는 그런 돈이 아니라."

사람이 죽고 아버지와 어머니를 잃어버린 고아에게 터무니없는 돈을 들이밀고 채무 부존재 확인 소송으로 괴롭혀서 아낀 돈으로 룸살롱에 가서 여자를 끼고 술을 처먹는 그들의 행태를, 노형진은 좋게 볼 수가 없었다.

애초에 자기들 돈도 아니고 그 정도 돈은 보험사를 통해 정리되는 돈이라는 걸 알면서도 말이다.

"그러니까 끝장을 보죠."

"도, 도대체 얼마를 원하시는 겁니까!"

중상태는 비명을 지르듯이 물었다.

이대로라면 자신의 목이 날아가니까.

"100억."

"네?"

"100억 내놔요. 그러면 합의는 해 드릴게."

"그럴 수는 없습니다!"

법원에서 인정할 수 있는 돈이 5억이다.

추후 치료비니 위자료니 하면서 이것저것 추가해도 10억이 안 된다.

애초에 보험사에서 미쳤다고 상대측에서 100억을 청구했다고 그대로 주겠는가?

당연하게도 보험사에서는 지급을 거부할 테고, 그런 경우
당연하게도 파투 날 수밖에 없다.

"5억! 아니, 6억 드리겠습니다."

공제조합의 손실도 손실이지만 자신의 자리가 위험해진다
는 생각에 다급해진 중상태는 무려 1억을 더 불렀다.

하지만 노형진은 애초에 합의할 생각이 없었다.

"100억 달라니까요."

"제발 합의해 주세요!"

"아니요. 안 할 겁니다."

"이렇게 빌 테니까……."

"싫어요. 당신이 남의 인생을 조지는 데에 쾌감을 느끼듯
이 저도 그 쾌감 한번 느껴 보죠, 뭐."

절대 합의해 주지 않겠다는 말에 중상태는 고개를 푹 숙일
수밖에 없었다.

⚖️

"아주 난리가 난 모양이야."

손채림은 노형진을 보며 싱글벙글 웃는 낯으로 말했다.

"어떻게 알았어?"

"매일같이 전화해서 합의해 달라고 난리던데?"

"응, 합의 안 해."

"그나저나 진짜로 이게 되는구나."

보험사나 공제조합을 대상으로 한 싸움은 절대 쉽지 않다.

그래서 대부분 울며 겨자 먹기로 그들이 제시하는 터무니없는 금액을 받아들이든가, 아니면 수년간의 소송으로 고통받아야 한다.

"자기들이 갑이라고 생각한 모양인데, 애석하게도 잘못 생각한 거지."

노형진은 느긋하게 말했다.

자신이 합의해 주지 않으니까 택시 회사들은 지금 공제조합을 물어뜯고 있는 상황.

"그리고 택시 회사에서도 업무상배임으로 형사 및 민사소송을 걸고 있고."

택시 회사 입장에서는 그동안 낸 돈이 있는데 왜 보험 청구를 안 하고 합의를 파투 냈느냐고 물어볼 수밖에 없으니까.

"그리고 경찰이 털기 시작하면 이야기는 달라지거든."

과연 공제조합이 투명하게 운영될까?

그럴 리가 없다. 아마 온갖 비리로 가득할 거다.

"그리고 드디어 우리가 움직일 시간이지."

"우리가? 아직 안 끝난 거야?"

"이제 시작인데? 이제 충분한 토양을 준비했을 뿐이야."

"이야, 역시 노형진이라니까."

한번 물고 늘어지면 상대방이 완전히 갈려 나갈 때까지 물어뜯는다고 해서 소위 그라인더라고 불리는 노형진의 특기가 다시 한번 펼쳐지고 있었다.

"그래서 이제는 어쩌려고?"

"어쩌긴. 애초에 약속을 지켜야지."

"약속?"

"그래, 약속. 한강택시에 그랬잖아. 선동해 주면 가압류를 풀어 준다고."

"그래서 풀었잖아."

"그러면 나는 재산적 안정성을 어디서 확보받아야 할까?"

"음? 그러고 보니 그러네."

재산적 안정성, 즉 손실이 발생한 경우에는 그에 대한 압류를 걸어서 손실을 보전하거나 할 방법을 찾아 놔야 한다.

택시 회사의 가압류를 풀어 주면 최악의 경우 땡전 한 푼 못 받을 가능성도 있다.

"이럴 때는 다시 원점으로 돌아가야지."

"공제조합?"

"맞아. 원래대로라면 공제조합이 돈을 내는 게 맞으니까."

"하지만 공제조합은 가압류가 안 걸릴 거라며?"

맨 처음에 소송을 시작할 때 고용근 변호사가 그랬다.

공제조합이나 보험회사같이 큰 회사의 경우는 배상 능력이 인정되기 때문에 가압류 신청을 해도 기각되는 경우가 제법 많다고.

실제로 가압류라는 것의 목적이 배상을 위한 자산의 확보인 만큼 틀린 정책은 아니다.

"보통은 그렇지."

"보통은?"

"그래, 하지만 지금 상황은 그렇지 않잖아? 택시 회사들과 조합원들이 들고일어났잖아."

"아!"

택시 회사들과 조합원들은 업무상배임 문제로 공제조합과 소송 중이다.

당연하게도 그들은 현재 조합비를 내지 않고 있다. 배임이 엮이면 횡령도 100% 문제가 되기 때문이다.

실제로 배임의 대부분은 결말이 횡령으로 연결된다.

그렇다 보니 현재 공제조합에는 외부에서 들어오는 자산이 없는 상황.

"거기다가 조합원으로서 손해배상을 요구하기도 하고."

"잠깐, 그러면 자산이……?"

"불확실한 거지."

대법원에서 보험사나 공제조합의 채무 부존재 확인 소송을 승인하는 이유는 법률적 안정성 때문이다.

현재 공제조합은 조합원들과 소송 중이다.

당연히 조합의 근간은 조합원이며, 조합원이 없다면 조합도 없다.

그렇다면 조합에서 돈을 받아야 하는 노형진으로서는, 조합이 사라지면 돈도 못 받게 될 수도 있는 거다.

최악의 경우 조합이 찢어지면서 조합원들과 자산을 나눠야 할 수도 있는 노릇.

"이런 경우는 법원에서 가압류를 허락할 수밖에 없지."

자산이 사라질 위험성이 극도로 높은 상황이니까.

"처음부터 이게 목적이었던 거야?"

"정답."

노형진은 애초부터 돈을 받는다는 목적보다는 어떻게 공제조합을 엿 먹일지에 더 비중을 뒀다.

과정은 비슷할지 모르지만 변호사의 능력에 따라서 결과는 판이하게 달라지는 게 법률계다.

그래서 노형진은 그들을 압박하기 위해 이런 방법을 썼던 거다.

"그리고 피날레는 이거지."

노형진은 뭔가를 내밀었다.

그걸 건네받아 살펴본 손채림은 고개를 갸웃했다.

"100억? 이건 아무리 봐도 오버인데. 100억은 절대 안 나와. 알잖아?"

노형진이 요구한 손해배상금은 무려 100억이다.

물론 노형진이 어마어마하게 버는 건 사실이다.

하시만 대부분이 비노동임금이기에 법원에서 인정하는 수익이 아니다.

그렇기에 아무리 노형진이라 해도 절대로 100억이라는 손해배상금은 인정되지 않는다.

"알지. 누구보다 잘 알지. 하지만 상관없잖아?"

"응?"

"애초에 소송의 가액은 청구자의 마음이야. 다만 이기지 못했을 때는 반작용이 있는 거지."

간단한 접촉 사고라고 해도 그걸로 100만 원을 청구하든 100억을 청구하든 그건 청구자의 결정에 따른다.

하지만 그럼에도 불구하고 그렇게 청구하지 않는 건, 그에 따라 다른 게 달라지기 때문이다.

소송 가액이 높아지면 당연히 소송에 들어가는 인지대를 비롯한 비용이 기하급수적으로 늘어난다.

당장 노형진이 100억으로 소송을 걸면 인지대와 송달료까지 해서 3,600만 원 정도의 비용이 든다.

더군다나 한국에서는 2심으로 갈 때는 1.5배, 3심으로 갈 때는 2배의 인지대를 요구한다.

그래서 고액 소송의 경우에는 가난한 사람들이 비싼 인지대 때문에 소송을 포기하는 경우가 상당히 많다.

더군다나 이런 소송에서는 변호사비 역시 부담이 된다. 소송비 역시 소송 가액에 따라 달라지기 때문이다.

"물론 소송은 내가 하니까 변호사비는 안 들겠지만."

"하지만 상대방도 변호사를 쓸 거 아니야? 상대방 변호사비도 물어 줘야 할 텐데?"

법원에서는 이런 소송비용을 어떻게 계산할까?

인정된 비율에 따라 계산한다.

예를 들어 소송에서 천만 원을 요구했는데 법원에서 배상금이 100만 원으로 인정된 상황이라면 소송비용과 인지대도 9 : 1로 나눠서 9는 소송을 청구한 청구인이, 1은 패배한 피고가 배상하는 거다.

100억을 청구해 봐야 사실상 95억은 100% 지는 게임이니까 결과적으로 노형진이 인지대와 변호사비의 95%를 물고 들어가는 셈이다.

"물론 그렇지. 그런데 말이야, 어차피 이건 다른 놈들도 다 하는 거 아니야?"

"무슨 소리야?"

"아, 너는 잘 모르겠구나. 부자들이나 대기업이 상대방을 찍어 누르는 방식 중 하나가 이거거든. 잘 쓰지는 않지만."

"뭐?"

"그런 거 있잖아. 파업하면 불법파업이라고 하면서 막 수백억씩 청구하는 거."

그 돈을 정말 받으려고 그런 소송을 하는 걸까?

아니다. 애초에 파업에서 근로자가 노동력을 제공하지 않는 것은 합법이다.

물론 그 과정에서 대체인력이 들어가지 못하게 한다거나 시설물을 점거하는 것을 불법이다.

한국은 기본적으로 친자본적이고 반노동적인 문화가 강해서 언론에서는 단순히 노동력 제공만 하지 않아도 불법파업이라고 호도하고 파업은 모조리 불법이라고 주장하지만, 파업은 법에서 인정하는 엄연한 노동운동 중 하나다.

당연히 그런 파업을 한 노동자들을 상대로 500억씩 청구한다고 해도 그걸 받아 낼 수도 없고 애초에 그걸 줄 능력도 안 된다.

"대신에 인지대는 확실하게 나오지."

500억을 청구하는 소송의 경우 상대방이 지불해야 하는 인지대는 확실하게 한 사람의 인생을 파멸시킬 정도의 금액이다.

물론 기업 입장에서는 그다지 큰돈이 아니지만 말이다.

즉, 이 인지대라는 것이 자본주의사회에서 파업과 노동운동을 막는 하나의 수단으로 이용되고 있다는 소리다.

"아, 맞다. 전에는 업무방해로 죄다 고소 넣었다가 막혔지?"

"맞아."

그 이전에는 파업하면 파업에 동참한 사람들을 모조리 업무방해로 고소를 넣어서 형사처벌을 받게 하거나 합의금을 뜯어내는 게 기업의 방식이었지만, 대법원에서 '불법행위가 들어가지 않은 단순 노동력 제공 거부는 업무방해가 아니다.'라는 판결이 나온 이후로는 이렇게 민사에서 인지대와 변호사비로 상대방을 압박하는 방식으로 바뀌었다.

"판사들에게 두둑하게 쥐여 주면 노동자 인생을 조지는 건 일도 아니니까."

500억을 청구하고 판사에게 두둑하게 주머니를 채워 주어 1%만 인정받아도 상대방을 확실하게 자살시킬 수 있으니까.

"물론 자기들이 그렇게 당할 거라고는 생각 못 하겠지만."

노형진은 그걸 역으로 이용하는 거다.

100억이라는 손해배상.

자신이 패배를 감수하고 그 금액을 청구한다면 100억이라는 소송에 대한 가압류 신청이 가능해진다.

"그리고 현재 공제조합은 돈이 없지."

언제 망할지도 모르는 상황이고 조합원들과의 소송도 계속되는 상황.

"그런데 100억만큼 자산을 묶어 버리면 어떻게 되겠어?"

"어…… 꼼짝도 못 하겠네."

"맞아. 애초에 5억이나 되는 돈이 있는 집단이 아니니까."

이런 경우는 공제조합이 다른 보험사에서 돈을 받아 와서 지급하는 게 일반적이다.

진짜로 자산으로 수십억씩 쌓아 두는 곳은 드무니까.

실제로 각 보험사나 회사가 손실에 대비해서 보험을 들어두었다가 손실이 발생했을 때 충격을 분산하는 건 업계에서는 흔한 일이다.

유조선에서 기름이 유출되는 등 대형 선박 사고의 경우는 배상액이 조 단위이기 때문에 한곳에서만 감당하면 그 회사가 망하고 만다.

그래서 그 보험을 든 보험사는 보험사들끼리 서로의 손실을 보장하는 보험에 들어서 그 충격을 분산한다.

그리고 그건 공제조합도 마찬가지.

"문제는 압류에는 보험이 적용되지 않는다는 거지."

노형진이 자산을 압류하게 되면 어떻게 될까?

기본적으로 압류는 현재 가진 재산에 대해서만 가능할 뿐 보험 가입 후 지급될 금액에 대해서는 인정되지 않는다.

왜냐하면 그 회사의 불법행위나 기타 업무에 관한 손해배상이기 때문이다.

개인 또는 집단의 범죄로 인한 책임을 제3자에게 물을 수는 없으니까.

문제는 100억이라는 돈이다.

그 돈이면 공제조합의 모든 계좌를 동결할 수 있다.

"그렇게 되면 보험료도 내지 못하게 되지."

"잠깐, 그러면 어떻게 되는 건데?"

"어떻게 되긴. 보험료를 납부하지 못하면 당연히 보험이 정지되지."

그러면 공제조합은 어떻게 해서든 그 손실을 혼자서 다 감당해야 한다.

"그 기준이 아마 3개월일걸."

"헐."

그동안 보험사나 공제조합은 상대방을 압박하면서 소송으로 시간을 끌어 항복을 받아 내 왔다.

하지만 이제는 반대로, 3개월 이내에 계좌를 풀지 못해 보험이 해지된다면 그때는 그 후부터 발생하는 모든 손실을 스스로 감당해야 한다.

그리고 현실적으로 공제조합은 그럴 능력이 안 된다.

"이제 시간은 우리 편이야, 후후후."

기존에는 시간을 자기편으로 만들었던 공제조합이지만 이제는 완벽하게 뒤집어진 상황.

노형진은 승리를 확신했다.

"100억이라니……."

중상태는 정신이 아득해졌다.

상대방의 요구가 너무 터무니없었으니까.

물론 종종 가벼운 사고에 터무니없는 요구를 하는 놈들은 늘 있어 왔다.

차끼리 살짝 스쳐 염좌도 없는데 드러누워서 2천만 원을 내놓으라고 지랄하던 놈들도 있었다.

하지만 그건 우습지도 않은 일이었다.

어차피 채무 부존재 확인 소송하고 정신을 쏙 빼 놓으면 30만 원이면 퉁칠 수 있었으니까.

하지만 상대방이 변호사, 그것도 돈이 겁나게 많은 변호사가 되자 상황이 바뀌었다.

"계좌가 다 묶였다고?"

"네."

"다?"

"네. 지금 이번 달 월급도 못 줍니다."

중상태는 정신이 아득해졌다.

시간을 끄는 건 보통 자신들에게 유리했는데 이제는 그게 독이 되고 있었다.

"보험사에서 이번 달 보험료가 입금되지 않았다고 연락이 왔습니다."

"알아."

"3개월 이상 보험료가 지급되지 않으면 보험이 적용되지 않는다고……."

"안다고."

"그리고 우리가 합의한 사건에 대해 돈을 지급해야 하는데 그게 없어서 지급할 방법이……."

"안다고 했잖아, 이 새끼야!"

상황을 보고하던 부하 직원은 중상태의 말에 움찔했다.

하지만 이번에는 물러나지 않았다.

'이 새끼는 이미 끝났어.'

상황은 생각보다 심각해지고 있었다.

당장 나갈 돈은 넘쳐 나는데 줄 돈이 없다.

일단 가압류 해제를 신청하기 위해서는 그 가압류가 권원이 없다는 걸 증명하거나 가압류 금액만큼의 돈을 공탁하고 집행을 취소해야 한다.

문제는 이 가압류는 명백하게 권원이 있는 거라는 거다.

물론 터무니없는 소송이기는 하지만 명백하게 소송이라는 게 존재하고, 실제로 법원에서는 공제조합의 지불 능력을 심각하게 의심하고 있는 상황이다.

왜냐하면 이미 조합원들 내부에서 소송이 시작되어서 그들도 가압류를 걸고 있기 때문이다.

보험이 있다고 주장하고 있지만 보험은 말 그대로 보험일 뿐이니 그걸 합의나 재판이 끝날 때까지 유지해야 배상금도 지급할 수 있다.

그런데 지금은 한 달 치 보험료를 납부하지 못한 상황이고 재판은 아직 시작도 안 했다.

채무 부존재 확인 소송을 걸기는 했지만 애초에 그건 이길 수도 없는 싸움이니까.

결과적으로 법원 입장에서는 재판 종료 시까지 보험의 유지조차도 미심쩍을 수밖에 없는 상황이기에 가압류를 풀어줄 가능성은 없다고 봐도 과언이 아니다.

그렇다면 문제는 이걸로 끝일까?

아니다.

공제조합은 보험사가 아니라 말 그대로 조합이다. 그리고 조합의 경우 조합원을 위한 서비스를 제공해야 한다.

"그리고 이번 달에 전별금이 나가야 하는데, 이게 한 2억 쯤 됩니다."

전별금 역시 일종의 서비스다.

택시 회사는 원래 퇴직금이라는 게 없다. 지금이야 월급제로 바뀌면서 퇴직금까지 다 넣어야 하지만, 사납금으로 운영되던 시절에는 퇴직금이라는 게 없었다.

회사의 택시를 운전기사가 빌리는 형태였으니까.

그래서 택시 공제조합은 전별금이라는 형태로 퇴직금을 주고 있었다.

지금이야 월급제로 바뀌고 퇴직금도 따로 적립해야 하지만 그렇다고 '수십 년간 쌓인 전별금을 이제 못 줍니다.'라고 할 수는 없기 때문에 여전히 전별금은 지급해야 하는 상황.

그런데 그걸 주지 못하게 되었다는 거다.

"뭐? 갑자기?"

"갑자기가 아니라 지난달에 이미 보고를 올린 겁니다."

아무리 운전기사가 원하면 할 수 있는 거라고 해도 나이가 많아지면 한계가 온다. 특히 반응 속도가 운전하기 어려울 정도로 느려지거나 사고 등을 당해 운전하기 힘들어진 경우에는 어쩔 수 없이 그만둬야 한다.

"돈이 없잖아."

"후우~."

중상태는 버릇처럼 돈이 없다는 소리만 하고 있었다.

⚖

그 시각, 택시 회사의 대표들은 기가 막혀서 말이 안 나올 지경이었다.

"그 돈 다 어디 갔어?"

매년 적지 않은 돈을 공제조합에 내고 있었다.

그리고 그에 대해서는 그리 신경 써 본 적 없었다.

그런데 항의를 시작하고 조합 내부를 파 보니 답이 없는 수준이었다.

"이건 정말 너무하는 거 아닙니까? 보험료도 미친 듯이 비싸면서!"

택시 공제조합은 보험을 제공한다. 그러면 그 공제조합의 보험료가 쌀까?

절대 아니다. 택시 공제조합의 보험료는 최소 200만 원 이상이다.

어쩔 수가 없는 게 일반 보험사들은 업무용 차량에 대해, 특히 이런 대중교통에 대해서는 보험을 꺼리기 때문에 공제조합을 이용할 수밖에 없다.

그래서 어쩔 수 없이 공제조합에 가입하는 거다.

그런데 그런 경우에 작은 사고라도 나면 그 보험료가 미친 듯이 오른다는 문제가 있다.

"1년에 내가 내는 돈이 1,100만 원이라고! 그런데 그 돈 다 어디 갔어?"

보통 보험이 아무리 사고를 많이 내도 300만 원 내외인 점을 생각하면 1년에 내는 보험료 1,100만 원은 절대로 적은 돈이 아니다.

더군다나 그 돈은 차량 한 대당 나가는 돈이다.

택시 회사 한 곳당 최소 80대에서 최대 200대까지 있으니 보험료만 해도 매년 수십억, 아니 수백억이 들어와야 한다.

하지만 제대로 조사해 보니 계좌는 거의 텅텅 비다시피 한 상태였다.

"이런 상태로는 운영 못 합니다."

"말도 안 돼요. 이건……."

몰랐다면 모를까, 이미 안 상황에서 택시 회사의 대표들은 충격이 클 수밖에 없었다.

"아니, 이건…… 보험금을 안 주는 게 아니라 보험금을 못 주는 상황이잖아?"

재무 기록을 본 한우주는 기가 막혀서 말이 안 나왔다.

그렇게까지 돈을 안 주려고 하는 이유가 그저 돈을 아끼기 위함이라고 생각했다.

무려 5억이나 되는 돈이니까.

그런데 조합원들이 모여서 상태를 확인해 보니 어떻게 해도 돈을 줄 수 없는 상황이었던 것이다.

"매년 수백억이 들어가는데 그 돈이 다 어디 갔느냐고!"

조합원이라지만 사실 택시 회사들은 혹시나 불이익을 받을까 모른 척하는 부분이 분명 있었다.

실제로 조합에서 자기 마음에 들지 않으면 불이익을 주는 경우가 많았기 때문이다.

인터넷 호출 서비스를 이용하는 택시 기사를 아무런 이유도 없이 퇴출시킨 사례도 그중 하나였다.

원래 택시를 호출하는 사업은 공제조합에서 운영했다.

하지만 그들은 돈 문제로 인해 인터넷 호출은 개발하지 않고 오로지 전화로만 배정했다.

그러다가 대기업에서 인터넷 호출 서비스를 개발하자 그걸 이용하는 택시 기사들을 무차별적으로 조합에서 쫓아낸 것이었다.

왜냐하면 원래 그런 호출 서비스는 회당 천 원씩 자기들이 가지고 가는데, 인터넷 호출 서비스는 무료였기 때문이다.

그런 식으로 온갖 갑질을 하기 때문에 각 조합원들은 어쩔 수 없이 고개를 숙여야 했다.

"이건 아니지!"

하지만 상황이 바뀌었다.

재무제표를 확인하니 이 상황에서는 아예 공제조합을 운영할 수가 없다는 결론이 나올 정도로 심각한 적자 상태였다.

아무리 코델09바이러스 시기라지만 애초에 공제조합의 수익은 그와 별개로 각 조합원들이 내는 돈이다.

바이러스와는 전혀 상관없는 것이다.

'배임의 끝은 횡령이라고 했던가?'

처음 노형진에게서 그 말을 들었을 때만 해도 한우주는 믿을 수가 없었다.

그런데 농담이 아니라 진짜로 그랬다.

최소 수백억에 달하는 돈이 모조리 사라진 것이다.

"이거, 감사해야 합니다."

"감사는 내부에서도……."

"지랄하지 마! 내부감사를 어떻게 믿어? 지금 이 재무제표 안 보여? 내부감사 한 새끼도 받아 처먹은 게 빤히 보이는데 무슨 내부감사야!"

"이건 외부감사를 해야 합니다!"

"맞습니다. 이건 외부감사 말고는 답이 없어요!"

"이건 어디까지나 내부 문제입니다. 굳이 그렇게 일을 크게 키워야 하겠습니까?"

"내부 문제? 지금 그런 말이 나와?"

"이대로면 조만간 보험금 지급 자체가 불가능하잖아!"

사실 노형진이 이렇게 일을 키울 때만 해도 그가 미웠다.

하지만 상황을 보니 설사 노형진이 아니라고 해도 근 시일

이것이 법이다

내에 공제조합은 채무를 이행하지 못하게 될 수밖에 없었다.

"그게……."

중상태는 땀을 뻘뻘 흘렸다.

'이게 아닌데?'

사실 공제조합의 이런 방만 경영은 한두 해 문제가 아니다.

애초에 조합이라는 특성상 제대로 된 감사도 힘들다 보니 들어오는 놈들이 너도나도 해 처먹었다.

중상태도 그걸 알기에 수억을 들여서 선거하고 그만큼, 아니 그 이상을 뽑아내기 위해 장난쳐 왔다.

그런데 그게 이렇게 터질 거라고는 생각도 못 했다.

"이 회계 전표, 이건 도대체 뭡니까?"

"……."

"우리 회사에 차도기라는 기사가 있었나?"

"없어, 그런 인간."

해 처먹은 게 한두 개가 아니었다.

차도기라는 사람이 전별금으로 8천만 원을 가지고 갔다는데, 전별금 8천만 원이면 못해도 20년은 근속해야 한다.

하지만 정작 그가 속해 있었다던 회사의 그 누구도 차도기라는 이름을 몰랐다.

한 회사에서 무려 20년이나 근무했다는 자를, 아무리 사람이 자주 바뀌는 택시 업계라지만 회사 사람들이 이름조차 모를 수는 없다.

"이건 또 뭐야? 2주 염좌에 배상금이 580만 원? 장난해?"

"아니, 그건 교통사고 이후에 일실 손해가……."

"지랄하지 마. 관련 서류도 없잖아."

"미친 새끼야! 넌 서류도 안 보냐? 고작 열다섯 살짜리가 무슨 일실 손해야!"

일반적으로 2주 염좌라면 잘해 봐야 300만 원에서 350만 원선. 그것도 노동을 하는 근로자 기준이다.

그런데 고작 15살짜리 학생의 배상금이 580만 원이라니.

단돈 200만 원을 주지 않기 위해 채무 부존재 확인 소송을 남발하는 공제조합의 행동을 생각하면 말도 안 되는 소리다.

"어?"

"왜?"

"아니, 그러고 보니 사고 낸 운전사가 우리 회사 사람이네?"

"그런데?"

"저 사람, 그만둔 지 한참 됐어."

그는 서류상의 이 사고가 나기 1년 전에 택시 운전을 그만 둔 사람이었다.

당연히 그 사람은 택시 공제조합에서 탈퇴했다.

택시 운전기사가 아니니까.

"뭐? 운전기사 아니야?"

"고작 3개월 일하고 그만둔 놈이야. 그런데 대체 그놈 이름이 여기서 왜 나오는 건데?"

그 말을 들은 중상태의 얼굴이 핼쑥해졌다.

가짜 사고를 만들고 가짜 합의금을 지급하는 건 돈을 빼돌리는 흔한 수법이다.

택시 회사에서는 딱히 이게 진짜 사고인지 알아보지 않기 때문이다.

"지금 이게 뭐 하자는 짓거리야?"

한우주는 기가 막혀서 말이 나오지 않았다.

"야, 저 새끼 끌어내!"

당연히 택시 회사의 사람들은 흥분을 감추지 못했다.

그리고 중상태는 이를 악물었다.

'이대로 가면 망할 거야.'

망할 수밖에 없다.

어떻게 해서든, 조사가 시작되기 전에 증거를 모조리 없애야 한다.

문제는 이미 조합원들이 몰려들어서 조합이 난장판이라는 거다.

"야, 끌어내!"

"대표님?"

애써 택시 회사 사람들을 진정시키려던 부하 직원이 기괴한 목소리로 물었다. 마치 그 말이 진짜냐는 듯.

"뭐 해! 저 새끼들 안 끌어내고!"

"뭐?"

"저 새끼들?"

택시 회사의 대표들은 기가 막혔다.

해 처먹은 것도 기가 막혀 죽겠는데 '저 새끼들'이란다.

"야, 이 새끼야. 뭐라고 했어! 새끼? 새끼?"

"시끄럽고, 끌어내!"

공제조합의 회의실은 완전히 난장판이 되었고, 이내 회의
실이 아니라 마치 격투기장처럼 사방에서 온갖 물건이 날아
다니기 시작했다.

"아악!"

"이 미친 새끼들이!"

"어떤 새끼가 용역 깡패를 불렀어!"

⚖

"공제조합이 완전히 박살 났더군요."

고용근 변호사는 혀를 내둘렀다.

공제조합의 소식은 빠르게 전해졌다.

그럴 수밖에 없었다. 조합원과 조합장 사이에서 패싸움이
일어나는 바람에 모든 업무가 마비되었으니까.

더군다나 가장 큰 문제는, 조합장이 이런 상황을 예측이라

도 한 건지 용역 깡패를 부른 것이었다.

그 바람에 경찰이 출동해 관련자 전원을 현장에서 체포해 가 버렸다.

경찰 입장에서는 모조리 쌍방 폭행으로 넣어 버리면 그만 이니까.

"그래요? 소문이 파다한가 보네요?"

"그럴 수밖에 없을 겁니다. 지금 모든 합의 업무가 완전히 멈춰 버렸거든요."

고용근은 혀를 내두르며 말했다.

"공제조합은 내부에서부터 완전히 부서지는 분위기입니 다. 남은 돈도 별로 없는 모양이구요."

"그럴 겁니다. 그놈들, 제대로 된 감사도 안 두고 있었으 니까요."

물론 비현금성자산, 그러니까 건물이나 땅 같은 건 여전히 남아 있다.

하지만 그런 게 남아 있다고 해도 현금이 없으면 노형진에 게 돈을 줄 수가 없다.

"그걸 담보로 잡아서 돈을 구하기 위해서는 조합원의 동의 가 필요하고요."

문제는 이미 모든 게 박살 난 상황에서 과연 조합원들이 동의해 주겠느냐는 거다.

당연히 해 줄 리가 없다.

지금 상황에서 동의해 주면, 그 건물미지 담보로 잡은 돈이 어디론가 사라져도 이상할 게 없으니까.

"그런 상황이니 공제조합은 꼼짝도 못 할 겁니다."

"이제 공제조합은 끝났군요."

"아니요. 아직 안 끝났습니다."

하지만 노형진은 단호하게 선을 그었다.

"네?"

"지금 택시 회사들이 피해자 포지션이라고 해서 그들이 선하다는 뜻은 아닙니다. 그놈들은 공제조합이 이따위로 굴러간다는 걸 애초부터 알고 있었습니다."

채무 부존재 확인 소송에 대해서는 몰랐을 수가 없다. 수십 년간 이루어진 일이니까.

그리고 방만 경영 역시 몰랐을 수가 없다. 그걸 알면서도 서로 돌아가며 대표를 해서 알음알음 다 해 처먹느라 바빴으니까.

"물론 여기서 멈추면 저야 돈을 받을 수 있겠지요. 하지만 이들은 다시 그 짓거리를 할 겁니다. 공제조합은 어떻게 보면 필요악이니까요."

지금의 공제조합이야 끝났다고 해도 결국 회사들 입장에서는 조합을 만들 수밖에 없다.

일단 보험사들이 택시나 다른 영업용 차량들을 받아 주는 걸 꺼리기 때문이다.

더군다나 조합이 사라진다면 그 조합이 가지고 있는 엄청난 금액의 자본금이 문제가 된다.

현금이 없어서 묶여 있는 상황이지 부동산은 절대로 적지 않으니까.

"물론 이제 섣불리 채무 부존재 확인 소송 같은 걸 걸지는 못하겠지만요."

그러면 그에 상응하는 대가로 자기네 회원사에 대한 압류가 진행될 거라는 걸 알았으니까.

"그 대신에 다른 보험사들과 똑같은 방법을 쓰겠지요."

"무시 말이군요."

"맞습니다. 사실 이건 보험사들의 문제도 되거든요."

원래 보험사들은 무차별적으로 채무 부존재 확인 소송을 하면서 상대방을 압박해 왔다.

그런데 그런 식으로 압박하는 것이 불가능하게끔 규정이 바뀌자 새로운 방법을 찾아냈는데, 그게 바로 무시다.

특히 교통사고 쪽에서 최근에 갑자기 늘어나기 시작했는데, 터무니없는 금액을 제시한 후 무조건 무시하는 전략을 쓰는 것이다.

특히나 소송하기 애매한 상황에서 이런 전략을 쓴다.

최저 수준으로 합의금을 제시한 후에 무시해도 그건 불법이 아니다. 법적으로 3년 안에만 주면 되는 돈이니까.

문제는 그 3년 안에 합의가 되지 않거나 소송을 걸지 않으면 회사에 대한 청구권이 소멸한다는 거다.

　그렇다 보니 작은 교통사고의 피해자는 3년 이내에 돈을 못 받으면 포기하는 것 말고는 사실상 답이 없게 된다.

　작은 금액의 사건의 경우는 변호사 비용보다 못한 돈을 받을 게 뻔하니까.

　"맞습니다. 뭐, 그런 곳이 많은 건 아니지만요. 사실 그런 짓거리를 하는 놈들이 보통 질이 안 좋지요."

　대부분의 담당자들은 가능하면 빨리 합의하려고 한다.

　왜냐하면 애초에 합의해서 지급하는 돈이 자기 돈이 아니기 때문이다.

　그리고 내부 규칙상 일정 기간 내에 합의가 이루어지지 않으면 인사고과가 마이너스가 되는 걸 피하고자 하는 것도 있다.

　"하지만 질이 좋지 않은 놈들은……."

　승진을 포기하고 막 사는 놈이라든가 아니면 인사고과를 돈을 주지 않는 걸로 따려고 하는 놈들은 아예 말도 안 되는 주장을 하면서 연락도 하지 않고 '배 째라'를 시전한다.

　그리고 보험금을 달라고 하면 '꼬우면 소송하세요.'라며 못 준다고 못을 박아 버린다.

　당연히 그런 경우는 회사에서 어떻게 해서든 징계를 먹여야 정상이지만 도리어 돈을 아끼는 데 성공했다는 이유로 인사고과에 긍정적인 평가가 반영되는 경우가 무척이나 많다.

　"특히 2주 미만의 염좌에 그런 짓이 요즘 많이 늘었습니다."

"그럴 겁니다. 그리고 대혼란이 지나고 나면 분명 공제조합은 그 방법을 쓸 겁니다."

그나마 보험사는 대중을 대상으로 영업하다 보니 그런 짓을 대놓고 못 하고 질 안 좋은 놈들만 그런 짓거리를 하고 다닌다.

하지만 공제조합은 그런 것과 관련된 인사고과 제도가 없을 테니까.

"이번에는 채무 부존재 확인 소송을 건 게 문제가 된 거고요."

돈을 줘야 하는 공제조합에서 돈을 주지 못하겠다고 선을 그어 버린 덕에 법원에서 어렵지 않게 택시 회사에 가압류를 허락한 것이다.

하지만 공제조합이나 보험사에서 마냥 무시로 일관해 버린다면 현실적으로 법원이 가압류를 허락할 가능성은 그다지 높지 않다.

왜냐하면 계약에 따라 공제조합이 배상의 주체가 되기 때문이다.

"그렇다고 민원을 넣자니 민원은 거의 효과가 없고요."

"하긴, 제가 아는 분은 1년이 넘게 돈을 안 줘서 민원을 넣었더니 대놓고 기분 나쁘다고, 돈을 받고 싶으면 소송하라고 했다고 하더군요."

애초에 금감원은 피해자를 보호할 생각이 없다.

그럴 수밖에 없는 것이, 금감원을 그만두고 나가면 보험사나 은행, 증권사 등에 수억대 연봉을 받으면서 입사할 수 있는데 누가 피해자를 보호하려고 하겠는가?

게다가 이와 관련하여 금감원에 민원을 넣어 봐야 현실적으로 딱히 개선되는 경우는 없다.

회사에는 피해가 전무하고, 지급을 거절한 직원 역시 인사고과에 약간의 마이너스가 되는 것 외에는 문제가 없으니까.

"그러면 어떻게 해결해야 할지 모르겠네요. 후우~."

"간단합니다. 사실, 해결책은 이미 존재합니다."

"존재한다고요?"

그 말에 고용근 변호사는 눈을 찡그렸다.

"가지급을 받아 내시면 됩니다."

"가지급? 아! 그런 규정이 있었지요!"

"맞습니다. 100% 되는 건 아니지만 대부분의 경우에는 될 겁니다."

가지급이란 보험사가 피해자나 보험의 수령인이 가장 알지 못하기를 바라는 규정 중 하나다.

간단하게 말해서 청구인이 보험사에 그들이 주장하는 금액의 50%를 먼저 청구할 수 있는 권리다.

"그런데 의외로 다들 그 규정을 쓰지 않으시더군요."

"아, 그렇기는 하죠. 어차피 나중에 받을 돈이라고 생각하니까."

"맞습니다. 하지만 동시에 틀린 말이기도 하죠."

"어째서요?"

"보험사나 공제조합이 돈을 주지 않는 이유가 뭡니까? 나가떨어지길 기다리는 것 아닙니까?"

"그렇지요."

일반적으로 노동자가 사고를 당하게 되면 근무가 불가능해져서 결국은 생활비도, 치료비도 부족해진다.

문제가 되는 건 이 시점이다.

생활비도 병원비도 없는데, 보험사에서 '이거 받고 꺼지든가, 꼬우면 소송하셈.'이라고 나와 버리면 그 제안을 받아들일 수밖에 없다.

그러면 소송을 통해서는 4천만 원을 받을 수 있는 걸 1천만 원쯤 받고 그냥 내몰리는 거다. 당연히 부작용에 대한 치료비는 전혀 없는 것이고.

"하지만 가지급을 이용하면 이야기가 달라지죠."

물론 가지급이라고 100% 다 주는 건 아니다. 보험사에서 주장하는 금액의 50%가 일반적인 수준이다.

가령 그쪽에서 주장하는 돈이 천만 원이라면, 가지급을 신청하면 500만 원을 미리 받을 수 있는 거다.

"그리고 그 경우는 급한 대로 치료비와 생활비로 쓸 수 있고요."

"하긴, 그러고 보니 우리도 한 번도 피해자들에게 가지급에 대해 설명해 준 적이 없군요."

"변호사들은 소송에서 이겨 주면 그만이라고 생각하니까요. 그리고 보험사 입장에서는 가지급에 대해 몰라야 자기들이 마음이 쫄려서 합의해 주니까요."

500만 원을 가지급으로 받으면 나머지 병원비와 생활비는 일단 다른 대출 등을 통해 감당할 수 있고, 저쪽에서 주장하는 대로 소송에 들어가서 4천만 원을 받을 수 있다.

"그렇다고 받는 금액이 바뀌는 것도 아니고요."

말 그대로 미리 돈을 일부 준 것이기 때문에 가지급을 받았으니 합의가 이루어졌다고 말할 수는 없다.

가지급은 가지급이고 소송은 소송이니까.

어떻게 해서든 상대방을 압박하고 싶어 하는 보험사 입장에서는 가장 감추고 싶은 제도가 바로 가지급 제도이다.

"그러면 우리가 먼저 가지급 신청이 가능하다고 이야기하면 되겠네요."

"맞습니다."

가지급을 신청해서 돈을 받아 일단 피해자들의 생활비와 치료비로 쓴다면 그때는 피해자들이 버틸 수 있는 여력이 생길 테니까.

'내가 왜 그 생각을 못 했을까?'

소송하고 싶어도 돈이 없어서 못 하는 피해자들이 생각보다 많다.

특히 상해가 크고 장애가 남거나 하는 경우에는 소송 가액이 그만큼 커지는데, 그렇게 되면 변호사비와 인지대 등만으로도 천만 원이 넘는 돈이 나온다.

당연히 보험사는 온갖 거짓말을 하면서 그 돈을 주지 않고, 그 때문에 돈이 없는 피해자들은 그들의 말에 속아서 합의하곤 한다.

대표적인 거짓말이 바로 '추후 추가로 청구된다.'라는 말이다.

하지만 현실적으로 추가 청구는 불가능하다.

예를 들어 디스크 진단으로 20%의 영구 장애가 인정되고 그에 대해 합의한 경우 그와 관련된 다른 증상들, 가령 골반의 비틀림 같은 건 모조리 그 합의에 들어가기 때문이다.

그것과 상관없는 증상, 가령 목 디스크가 온다거나 하는 경우에는 어떻게 소송이 가능하지만, 그때는 현실적으로 이쪽이 왜 목 디스크가 왔는지를 증명할 방법이 없기 때문에 사실상 돈을 받는 게 불가능하다.

'하지만 가지급을 한다면…….'

버틸 여력이 된다는 것.

그건 보험사들이 가장 싫어하는 일이었다.

"당장 피해자들에게 가지급에 대해 이야기하고 청구해야겠네요."

"물론 공제조합에서는 못 주겠지만요."

한 가지는 확실하다.

바로, 가지급도 못하면 법적으로 심각한 문제가 될 거라는 거다.

"가……지급?"

"그렇습니다. 지금 피해자들이 가지급 청구를 하고 있는데 그 지급 금액이 못해도 8억은 될 겁니다."

"미친! 장난해? 아니, 상식적으로 그게 말이 되느냐고! 8억?"

8억은커녕 8천만 원도 없는 게 지금의 상황이다.

그걸 메꾸기 위해서는 어떻게 해서든 현금을 융통해야 한다. 은행에서 대출받거나 가지고 있는 건물을 매각하거나 하는 방식으로 대응해야 한다.

"하지만 그게 가능할 리가 없지 않습니까?"

이미 조합원들을 소새끼 개새끼 하면서 강제로 끌어낸 상황이라 조합원들은 자기를 자르겠다고 으름장을 놓고 있다.

사실 잘리는 건 중요하지 않다.

중요한 문제는, 그들이 자르고 나서 감사하겠다고 난리법석을 떨고 있다는 거다.

감사가 이루어지면, 그것도 외부감사를 하게 되면 중상태는 교도소행을 피할 수 없다.

그동안 공제조합에서 해 처먹은 놈들이 한둘이 아니지만 최악의 경우 그가 독박을 뒤집어쓸 수도 있기 때문이다.

그런 생각에 중상태의 목소리가 떨려 왔다.

"어…… 어떻게 막을 방법이 없어?"

"막을 수가 없습니다. 일단 법적으로 우리가 줘야 하는 돈이 맞습니다."

"하지만 그건 약관상 조건이 안 되면 거절할 수 있잖아."

"그게 문제입니다. 대부분 조건이 됩니다."

조건을 까다롭게 하는 경우는 보험 사기 등의 가능성을 미연에 방지하기 위함이다.

그런데 그런 경우는 그리 흔하지 않은 데다, 결정적으로 그들이 지급해야 하는 50%라는 조건이 애매했다.

"일단 우리가 제시한 금액이 있으니까……."

자신들이 약관에 따라 제시한 금액이 있고 그 돈의 50%를 지급하는 게 규정이다.

그 말은, 자신들 역시 보험 사기를 의심하지 않았다는 소리다.

그런데 이제 와서 갑자기 보험 사기가 의심스럽다면서 지급을 거절한다?

그렇게 되면 공제조합은 확실하게 망한다.

그렇잖아도 돈이 없어서 지금 조합원들이 들고일어나기 직전이다. 그런데 돈이 없어도 너무 없어서 보상금도 못 주고 꼬투리를 잡히는 걸 두 눈으로 본다?

아마도 그때는 진짜 조합이 이 잡듯이 뒤져질 테고 수십 년간 쌓여 온 수많은 비리들이 드러날 것이다.

당연하게도 그중 일부는 중상태가 저지른 일이 아니다.

하지만 그 사실을 알고도 은닉한 건 중상태이기 때문에 결과적으로 그 책임을 모두 중상태가 질 수밖에 없다.

"안 돼……. 이럴 수는 없어……."

중상태는 어떻게 해서든 현실을 부정하고 싶었다.

하지만 그럴 수는 없었다.

현실이 직접 그를 찾아왔으니까.

"대표님, 노 변호사님이 찾아왔습니다."

자신을 찾아온 악마를, 중상태는 거절할 방법이 없었다.

그저 승자가 점령지에 들어오는 걸 방관하듯 자신의 사무실로 들어오는 노형진을 망연하게 바라볼 뿐이었다.

"어떻게, 정신 좀 차렸습니까?"

"……."

"뭐, 대꾸 안 하신다고 해서 바뀌는 건 없습니다."

사람 좋은 미소를 보이던 노형진은 이어 상냥하게 한마디를 덧붙였다.

"물론 이제 와서 살려 달라고 해도 바뀌는 것도 없을 거고요."

노형진의 말이 맞다. 바뀌는 건 없다.

아마도 공제조합은 피바람이 불 거다.

없어지지는 않겠지만, 그렇다고 해서 이 모든 문제가 해결되는 것도 아니니까.

"원하는 게 뭡니까?"

"합의하시죠."

"합의? 이제 와서?"

"뭐, 굳이 소송할 이유는 없죠. 간단하게 갑시다. 제가 들인 돈까지 해서 6억에 합의합시다."

"거절한다면?"

"뭐, 새론이 택시 회사 측에 붙는 꼴을 보게 되겠지요."

그 말에 중상태는 눈을 질끈 감았다.

노형진과 새론.

변호사에게 지독한 놈들이라는 소리는 들었다. 하지만 이 정도로 지독할 거라고는 생각지 못했다.

"아마 우리가 붙으면 형량 차이가 제법 커질 겁니다."

그 말에 중상태는 고개를 푹 숙였다.

⚖️

—오늘 ○○택시조합의 대표인 중 모 씨가 업무상횡령 혐의로 체포되었습니다.

—중 모 씨는 수년간 택시조합의 대표로 근무하면서…….

노형진은 느긋하게 뉴스를 보고 있었다.

노형진이 합의하고 나서 손을 털었다고 해서 모든 문제가 해결된 건 아니다.

예상대로 중상태는 횡령 혐의로 교도소에 갔고, 공제조합은 외부에서 감사에 들어갔다.

"공제조합은 거의 빛 좋은 개살구더군요."

고용근 변호사는 사건 기록을 가지고 오며 미소를 지었다.

"공제조합들이 걸던 채무 부존재 확인 소송이 사라지니까 재판부가 썰렁해졌다는 소리가 들릴 정도더군요."

"판사들이 제게 밥 한 끼 사야 하는 거 아닙니까?"

"네? 어째서요?"

"덕분에 근무환경이 엄청 개선되지 않았습니까?"

그간 보험사와 공제조합이 건 소송들이 법원에 엄청나게 부담을 주고 있었는데 이번 일로 사라진 것이다.

"글쎄요. 밥을 사 줄까요?"

"농담입니다. 밥을 사 주기는 개뿔, 제 목이나 안 날리고 싶어 하면 그게 이상한 거죠."

노형진은 히죽 웃으며 말했다.

그 말이 무슨 의미인지 알기에 고용근 변호사는 고개를 끄덕거릴 수밖에 없었다.

"그럴지도 모르겠네요, 후후후."

그런 그의 머릿속에서는 한 가지 사건이 떠오르고 있었다.

해도 해도 너무하네

　공제조합이 무너지고 소송이 정리되고 나자 상황은 완전히 돌변했다.

　그동안 공제조합의 위협성 소송에 시달리던 사람들이 너도나도 새론으로 몰려들었기 때문이다.

　사실 한국에는 수많은 공제조합이 있다.

　특히나 운전업은 보험사에서 가입을 꺼려서, 거의 100% 공제조합이 있다고 봐도 무방했다.

　그간 그런 공제조합들이 저질러 온 행동들은 대부분 엇비슷했기에 피해자들은 억울함에 가슴을 두들겨 왔다.

　당장 대형 트럭 같은 경우는 사고가 나면 대부분 장애가 남거나 죽을 수밖에 없었는데, 그때마다 공제조합이나 보험사는 채무 부존재 확인 소송을 걸어 가면서 상대방을 압박했기 때문이다.

하지만 노형진이 당사자도 소송의 대상이 된다는 것을 이야기하고 나자 분위기가 완전히 바뀌었다.

합의가 불발되거나 보험사에서 터무니없는 조건을 내밀 경우 사고 당사자에게 소송을 걸면 그만이고, 사고를 내고는 제3자로 빠져서 구경만 하던 운전기사들은 이제 소송 당사자 중 한 명이 되어서 개싸움을 하게 되었으니까.

"공제조합 쪽이 요즘 그래서 아주 시끄럽습니다."

고용근 변호사는 히죽 웃으며 말했다.

"조합원들과 소송에 들어가서 말이죠."

"뭐, 예상은 했으니까요."

"근데 진짜로 이런 식으로 해결하실 줄은 몰랐네요."

"고정관념이란 게 그런 겁니다."

보험사를 대상으로 소송해서 받을 생각만 했지, 설마 가해 당사자는 생각하지 못했던 고용근은 히죽 웃었다.

실제로 이 소문이 나면서 보험사에서 돈을 못 준다고 하면 가해자에게 직접 소송하는 분위기가 슬슬 퍼지고 있는데, 그로 인해 가해자와 피해자가 동시에 보험사를 대상으로 소송을 시작하자 보험사에서는 곤혹스러움을 감추지 못하고 있었다.

"어, 그런데 혹시 안 바쁘십니까?"

"네? 무슨 일 있으십니까?"

"아…… 그게요."

고용근은 잠깐 고민했다.

그런 고용근에게 노형진이 미소를 지으며 말했다.

"변호사들이 서로를 돕는 건 이상한 일이 아닙니다. 새론에서는 서로 돕는 게 당연한 겁니다."

"그런가요? 사실 저도 새론에 소속되어 있긴 하지만 이런 부탁은 해 본 적이 없어서요."

"걱정하지 마세요. 새론은 처음부터 그런 식으로 성장해 왔습니다. 의뢰인에게 공정한 대우를 하는 것, 의뢰에 최선을 다하는 것. 그게 새론의 가치니까요."

그 말에 고용근이 한숨을 푹 쉬었다.

"그러면 부탁드려야겠네요."

"뭔가 힘든 사건이 있나요?"

"어, 힘든 사건이라기보다는, 그러니까 어이가 없는 일이 있었습니다."

"어이없는 일?"

"저한테 자문해 주시는 의사분이 한 분 계시거든요."

"자문의요?"

"네. 그런데 소송을 당하셨습니다."

"흠…… 어쩐 일로 소송당하셨습니까? 혹시 의료사고인가요?"

노형진은 당연히 그런 소송일 거라 생각했다.

하지만 되돌아온 고용근 변호사의 말에 기가 막혀서 재차 물을 수밖에 없었다.

"아니요. 자문해 줬다고 소송당했습니다."

"네? 자문해 줬다고 소송당하다니, 그게 무슨 말씀이십니까?"

자문이라는 것은 말 그대로 조언에 지나지 않는다.

그건 어떤 위법 사항도 없고, 의사가 선택할 수 있는 고유의 권한이다.

"그게 말입니다, 사건이 좀 어이가 없습니다."

교통사고가 났고 당연히 소송이 벌어졌다.

그리고 보험사 측에서는 이게 영구 장애가 아닌 한시 장애라고 주장하면서 보험금으로 1,800만 원을 제시했다고 한다.

"진짜로 한시 장애인가요?"

영구 장애와 한시 장애는 상당히 다르다.

영구 장애는 말 그대로 영구히 운동능력을 상실하는 것을 의미한다. 반대로 한시 장애는 치료 후에 다시 쓸 수 있는 걸 의미한다.

그런데 모든 진단이 그렇게 쉽게 이루어지는 것은 아니다.

팔다리가 부러지면 그건 한시 장애다. 치료 후에는 다시 움직일 수 있으니까.

반신불수가 되면 그건 영구 장애다. 영영 움직일 수 없으니까.

그런데 디스크 같은 경우는 어떻게 봐야 할 것인가?

분명 움직임에 제한이 생기지만 그렇다고 아예 못 움직이는 것은 아니다. 더군다나 요즘 디스크는 국민병이라고 불릴 정도로 흔하다.

어쩔 수가 없는 게, 디스크라는 것 자체가 사람이 직립보행을 하면서 생긴 병이기 때문이다.

그렇기에 이게 사고로 발생한 디스크인지 아니면 퇴행성 디스크인지에 따라 배상이 달라진다.

그리고 그걸 판단하는 것은 의사의 영역이다.

"저희 의뢰인은 사고 이후에 디스크가 발생했고 그 뒤에 소송했습니다."

당연히 보험사는 한시 장애를 주장하면서 1,800만 원을 이야기했지만 자문하던 의사는 그렇게 생각하지 않았다.

그가 봤을 때는 명백한 영구 장애였고, 실제로 법원에 가서 그렇게 진술했다.

"그런데요?"

"그런데 그 후에 해당 보험사에서 허위 사실과 위증으로 피해를 입혔다면서 손해배상 청구를 해 왔습니다."

"얼씨구?"

그러니까 법원에 가서 증인선서까지 한 사람이 거짓말을 해서 보험회사에 피해를 입혔다는 거다.

"그게 뭔 말도 안 되는 소립니까?"

애초에 의사가 그럴 이유도 없고, 또 그런 식으로 거짓말 해 봐야 생기는 것도 없다.

변호사가 자문료를 주기는 하지만 그건 보험사도 마찬가지다.

"그런데 이게 처음 있는 일이 아닙니다."

"처음이 아니에요?"

"최근 보험사에서 의사들을 이런 식으로 고소하는 경우가 늘고 있습니다. 당연히 그 대상은 변호사나 피해자 측 의사들이죠."

그 말에 노형진의 표정이 굳었다. 그들의 목적을 알 수 있었던 것이다.

"그러니까 의사들의 입에 재갈을 물리겠다 이거군요."

"네. 변호사 측 의사분들은 아니죠. 아니, 정확하게 표현해야겠군요. 양심적으로 말씀하시는 분들은 거의 100% 소송이 들어옵니다. 보통은 수십억, 심한 분은 100억대 소송에 시달리고 있습니다."

"100억대요?"

"네. 특히 장애에 관해서는 더더욱 그렇습니다."

사실 의사가 재판정에서 양심적으로 이야기한다고 해서 남는 건 없다.

도리어 보험사 측의 의사들은 보험사에서 주는 돈 때문에 그쪽에 들러붙어서 거짓말을 하는 경우가 많다.

"그렇다 보니 문제가 많습니다. 소송에 시달리시던 분들 중 몇 분은 실제로 더 이상 자문을 못 하겠다고 하시고 있고요."

"보험사들이 그냥 막 나가는군요."

노형진은 눈을 찡그렸다.

'이건 선을 넘어도 너무 넘는데?'

물론 보험사들이 이득을 위해 움직인다는 건 안다. 그들도 자선사업을 하는 건 아니니까.

하지만 이득을 위해 전문가의 입에 재갈을 물리는 행위는 명백한 불법이다.

이게 만일 미국에서 벌어진 일이었다면 아마 징벌적 손해 배상으로 보험회사가 넘어갈 정도로 두들겨 맞았을 것이다.

당연하다.

국민의 안전과 공정한 법의 집행을 위해 전문가로서 자문을 해 줬는데 자기 입맛에 맞지 않는다고 소송을 걸어 온다?

위증을 했다면 모를까, 그런 식으로 증인의 입에 재갈을 물리는 행위는 미국의 사법 시스템에서 아주 심각한 범죄로 받아들이기 때문이다.

"심합니까?"

"아주 심합니다. 이 상태로는 몇 년 내에 누구도 피해자를 위해 자문하지 않게 될 겁니다."

"으음……."

그렇게 되면 남는 건 오로지 보험사 측의 자문의뿐일 거다.

그리고 그런 경우에는 이쪽이 영구 장애를 받았다고 해도 단돈 몇백만 원 던져 주고 소송이 끝날 가능성이 크다.

"더 큰 문제는 소송의 대상이 점점 더 커지고 있다는 겁니다."

"점점 더 커지고 있다고요?"

"네. 법원에서 지정하는 의사들까지 일부 소송 대상이 되고 있습니다."

"미친 거 아닙니까?"

법원에서 지정하는 의사들은 그 실력이 인정받은 이들이다. 그리고 그 공정성에 대해 법원에서 확신하기 때문에 그들에게 신체 감정을 맡기는 거다.

사실 법원 입장에서는 보험사 측이든 변호사 측이든 믿을 수가 없다. 양쪽 모두 자기네들이 유리한 대로 말할 테니까.

그렇기에 법원에서는 신체 감정이 필요하다고 판단되면 공식적으로 믿을 수 있는 의사에게 가서 제대로 된 신체 감정을 받고 오도록 한다.

"그런데 그런 의사한테까지 소송을 걸어요?"

"네."

"아니, 법원에서는 뭐랍니까?"

"신체 감정의 위탁과 소송은 별개의 건이라고, 해 줄 게 없다고 합니다."

"하아, 병신 같은 새끼들. 안 봐도 뻔하기는 한데."

이미 보험사들이 판사들에게 두둑하게 돈을 먹여 놨을 거다.

설사 그게 아니라고 해도 한국 공무원들의 주특기가 바로 자기들이 책임지지 않아도 되도록 타인에게 책임을 떠넘기는 거니까.

"이거 형사사건으로 치면 증인한테 협박하는 꼴인데."

그런데 자기들이 책임이 없다고 이 지랄을 한다는 건, 그냥 의사들의 입에 재갈 물리는 걸 구경만 하겠다는 소리이기도 하다.

"뭐, 예상은 한 일이지 않습니까?"

"그건 그렇지요. 뭐, 보험사 로비력이야 엄청나지 않습니까?"

한국에서 로비를 가장 많이 하는 곳들 중 하나가 바로 보험사다.

한국의 보험이 국민이 아닌 보험사에 유리한 방향으로 법이 고쳐져 왔을 정도다.

"하여간 그래서 이대로라면 나중에 심각한 문제가 될 수도 있습니다."

"흠……."

"그래서 저나 다른 전문 변호사들이 대비책을 세우려고 하고 있지만……."

"답이 없을 테죠."

애초에 답이 없을 수밖에 없다.

변호사가 무슨 권한이 있다고 보험사의 소송을 막는단 말인가?

항의할 수는 있지만 그걸 들어 처먹을 보험사가 아니다.

"보험사 입장에서는 이건 완전 땡잡는 일이고요."

미친 듯이 소송을 걸면 의사는 질려서 자문을 포기할 거다. 그러니 진다고 해서 손해 볼 건 없다.

반대로 하나라도 이긴다면? 자신들이 준 보험료를 다시 뜯어낼 수 있다.

설사 다 진다고 해도 의사는 끊임없이 소송장을 받고 불려 다니면서 재판을 해야 한다.

전문 변호사를 사는 것도 문제다.

애초에 이런 소송은 단순히 변호사만으로는 안 된다. 의학적인 지식을 가진 전문 변호사가 있어야 소송이 가능하다.

"그러고 보니 임진기 변호사가 이에 대해 잘 알 것 같은데요."

"임진기 변호사가 누굽니까?"

"아, 우리랑 손잡은 법무 법인 하늘의 대표 말입니다."

"아, 제가 들어온 지 얼마 안 되어서 잘 모릅니다."

"그분이 의사 출신이십니다."

"네?"

그 말에 고용근은 깜짝 놀랐다.

변호사 시험도 뒈지게 어려운데 그것만큼이나 어려운 의사 국가고시까지 합격한 사람이라니?

"아니, 그런 사람이 왜 변호사를 하고 계신답니까?"

"외과의를 지원했는데 자기한테는 맞지 않았다고 하더군요."

"하긴, 외과 쪽이면 사람 목숨이 왔다 갔다 하니 스트레스가 심할 겁니다."

"맞습니다. 거기다 집안이 좀 가난해서 어쩔 수 없이 지방으로 내려와 병원을 개원했었죠. 저를 만나면서 변호사가 되었지만요."

그 후로 그는 의료 소송에서 절대적 입지를 다졌고, 현재는 새론의 전략적 동맹인 법무 법인 하늘의 대표를 역임하고 있다.

"오랜만에 한번 만나 봐야겠네요."

임진기 변호사라면 분명 도움이 될 거라는 생각을 하며 노형진은 턱을 만지작거렸다.

⚖️

"보험사에서 그런 짓거리를 한다고요? 답도 없는 새끼들."

노형진의 말에 임진기는 고개를 절레절레 흔들었다.

"뭐, 그러고도 남을 놈들이기는 하네요."

"잘 아시나 봅니다?"

"의사들 대부분은 보험 문제로 한 번쯤은 보험사랑 개싸움을 할 수밖에 없으니까요."

치과나 안과같이 큰 병을 다루지 않는 병원도 보험사와 개싸움을 할 수밖에 없는 시기가 온다.

"보험사들이 어떻게든 돈을 주지 않으려고 지랄하는 거야 하루 이틀 문제도 아니고요."

임진기는 안다는 듯 어깨를 으쓱하며 말했다.

"보험이 만일에 대비해서 가입하는 것이기는 하지만, 그래서 삶에서 필수이기는 하지만 솔직히 제 입장에서는 이런 짓거리를 좋게 생각할 수 없죠."

"흠, 역시 그런가요?"

역시 의사 출신이라서 그런지 임진기는 생각보다 아는 게 많았다.

그렇게 얼마나 지났을까. 이런저런 이야기를 하던 노형진은 문득 그런 생각이 들었다.

"그런데 이런 걸 그냥 놔둡니까?"

"어떤 거요?"

"결국 의사에게 소송을 하려면 그쪽에도 의학적인 근거가 있어야 하잖아요. 그러면 누군가 보험회사를 위해서 의학적인 소견을 내놔야 하는데, 의사협회는 위계질서가 강한 것으로 알고 있습니다만."

임진기는 노형진이 뭘 말하는지 바로 알아차렸다.

"아, 보험사 쪽 자문의요?"

"네. 이건 어떻게 보면 선배 의사들에게 엿 먹이는 거 아닌가요?"

변호사나 법원에서 자문을 맡기는 사람들은 기본적으로 어느 정도 공신력이 있는 이들일 수밖에 없다.

그리고 의학계에서 공신력이 있다는 것은 상당한 고위직에 있는 사람이라는 의미와 일맥상통한다.

"그게 문제인데, 이런 보험사에서 속이거든요."

"속인다고요?"

"네. 일단 방식이 세 가지입니다. 첫 번째는 아전인수 격 해석, 두 번째는 자문의 위조, 세 번째는 아주 나가리 된 놈들을 이용하는 거죠."

그 말에 노형진은 고개를 갸웃했다.

아무래도 보험은 노형진이 잘 모르는 영역이니까.

다행히 경험이 많은 고용근 변호사가 옆에서 설명해 줬다.

"음, 아전인수 방식은 간단합니다. 의사가 뭐라고 하든 무조건 자기들 마음대로 해석하는 거죠."

예를 들어 자문의가 문제의 증상이 자료를 판단함에 있어 부정확하다고 표현했다면 그건 '이 자료는 내가 정확한 판단을 내리기에 근거가 부족하다.'라는 의미다.

하지만 보험사는 그 표현을 '이건 보험 사기다.'라고 해석해서 보험금을 지급하지 않고 버티는 거다.

"미친! 그래도 됩니까?"

"당연히 안 되죠. 하지만 그게 불법은 아니지 않습니까?"

피가 말라 가는 건 피해자다.

운이 좋아서, 돈을 못 받은 사람이 병으로 콱 죽어 버리기라도 하면 보험사 입장에서는 수억이 굳는 거다.

그러니까 죽을 때까지 눈 감고 귀 막고 악 소리 지르면서 모른 척하는 거다.

"그리고 자문 위조는…… 정확하게는 위조까지는 아니고, 조작이라고 해야 하나요? 보험사에는 내부자문위원회라는 게 있습니다."

"그건 알고 있습니다."

"그런데 그 내부자문위원회에 속한 사람들이 문제입니다."

"어떤 사람들인데요?"

"뭐, 사실상 공정성이라고는 없는 놈들이죠."

나이 들어 은퇴한 간호사부터 사회적으로 매장된 의사들까지 다양하다는 게 임진기의 설명이었다.

"사실 그렇지 않습니까? 밖에서 일하면 거기보다 몇 배는 더 버는 게 의사입니다. 그런데 월급 받고 내부자문의를 하는 이유는 뻔하죠."

마약중독자라거나 알코올중독자라거나 이제는 나이를 먹어서 수술을 못 하게 된 의사라거나.

심지어 강간범이나 살인범까지, 의사라면 누구든 내부자

문의가 될 수 있다고 한다.

보험사에 필요한 건 의사라는 '타이틀'뿐이니까.

"실제로 내부자문위…… 아니죠, 이 경우는 자문 팀이라고 봐야겠군요. 그쪽에서 일하는 사람들 중에 의사는 극히 소수입니다. 대부분은 나이가 많아서 더 이상 병원에서 일을 못 하는 간호사들입니다."

노형진은 그 말에 눈을 찡그렸다.

물론 법적으로는 일정 이상의 경험을 가진 간호사도 자문할 수 있는 자격이 있다.

하지만 법적인 영역과 별개로 간호사가 실제로 진단을 할 수 있느냐는 건 미심쩍은 부분이기도 하다.

왜냐하면 환자에 대한 진단이나 처방은 의사의 권한이기 때문이다.

병원에서도 간호사는 의사를 보조하는 보조자로서 투약을 하거나 환자의 진료를 보조하는 역할을 한다.

간호사는 자의적으로 질병이나 상해를 판단하거나 CT, MRI 같은 걸 판독해서는 안 된다.

그러니 은퇴하고 보험사로 옮겼다고 해서 그런 판단 능력이 생겼다고 보기는 어렵다.

그러한 판독 능력은 기본적으로 실전 경험이 바탕이 되어야 하는데, 현대 병원에서는 그 경험을 쌓기가 어려우니까.

그렇다고 보험사에서 간호사에게 그러한 판독에 관한 훈

련이나 교육을 시켜 줄 리도 없으니 자연히 간호사 출신의 자문에 부정확하고 오류가 많아질 수밖에 없다.

설사 그게 아니라고 해도 내부 직원이라는 형태로 입사한 이상 그들은 생계를 위해서라도 보험사에서 요구하는 대로 소견서를 써 줄 수밖에 없다.

외부에서 별도의 경제활동을 하는 의사와 다르게 아예 그들에게 예속되어 있으니 말이다.

그러니까 보험사는 그걸 알면서도 내부자문이라는 형태로 팀을 만들어서 유지하고, 그들의 의견에 따라 보험금 지급을 거절한다는 소리다.

공신력이 없는 조직이지만 자기들이 공신력이 있다고 주장하면서 그 힘을 이용한다는 건데…….

"그거 완전히 살인범한테 처벌을 맡기는 꼴 아닙니까?"

"그러니까 문제인 거죠."

문제는 내부자문 팀의 결정이라고 법원에서 주장하는 게 불법이 아니라는 거다.

그걸로 수년간 소송을 끌면, 피해자는 억울해도 당할 수밖에 없는 구조라는 것.

"마지막은 갈 곳 없는 놈들을 이용하는 거죠. 사실 제가 외과의를 그만두고 나왔을 때 저한테도 보험사 자문의를 해 보라고 접근한 놈이 있었습니다."

"그랬습니까?"

"네. 남의 인생 팔아먹으면서 살기 싫어서 거절했지만요."

임진기 변호사는 어깨를 으쓱하면서 노형진이 생각도 못한 충격적인 이야기를 해 줬다.

"이건 소문인데, 천성계 병원 출신도 그쪽으로 흘러갔다고 하더라구요."

"천성계 병원 말입니까?"

그 말에 노형진의 얼굴이 굳어졌다.

그럴 수밖에 없는 게, 천성계 병원은 살인 공장이었다.

노인을 합법적으로 죽이던 곳으로, 노형진이 박살 냈다.

"모조리 살인으로 엮인 건 아니니까요, 그리고 아시겠지만 의사 자격증은 박탈이 불가능합니다."

처벌받고 나와서 신청만 하면 다시 살아나는 게 의사 자격증이다.

실제로 수십 명을 강간했음에도 여전히 산부인과 의사 자격을 유지하며 여성 환자들을 진료하는 작자도 있다.

"물론 소문이 나서 다른 곳으로 갈 수도 없지만요."

병원을 차릴 수도 없다. 돈이 없으니까.

'그러고 보니 천성계도 그런 짓거리를 했었지.'

그 당시에 천성계가 써먹은 방법이 갈 곳 없는 의사들을 받아 주는 것이었다.

그렇게 함으로써 결과적으로 의사들은 본인 명의로 살인을 했고 말이다.

"살인도 하는데 거짓말이야 어렵지 않겠지요."

"음⋯⋯."

"그래서 보험사에서 외부 자문을 받아야 한다고 그토록 지랄하는 겁니다."

보험사에서 외부 자문에 동의해 달라고 협박하는 이유가 바로 그거다.

그들에게는 돈만 주면 가짜 서류를 써 줄 의사들이 넘쳐 난다.

그 의사들은 돈만 벌 수 있다면 죽은 사람이 아직 살아 있다는 서류라도 얼마든지 써 줄 준비가 되어 있다.

"물론 극단적인 차이는 모르지만 애초에 대부분의 보험 관련 사건은 그런 게 아니니까요."

외부 자문 동의는 단순히 자문을 받는 데 동의한다는 의미가 아니다. 그 자문을 인정하고 그에 따른 배상을 받겠다는 의미다.

"하물며 영구 장애를 일시 장애로 바꾸는 건 일도 아니죠."

그런 식으로 보험사들은 피해자를 속여서 매년 수백억을 아낀다.

"그래서 보험사에서 제출하는 서류를 보면 이름이 빠져 있습니다. 웃긴 점은, 왜 이름이 빠졌냐고 따져 물으면 자문의를 보호하기 위해서라고 주장한다는 거죠."

"자문의를 보호해야 한다는 놈들이 자문의한테 소송을 겁니까?"

"그래야 자기들이 유리하니까요."

"흠⋯⋯."

노형진은 대략적인 상황을 알고는 턱을 문질렀다.

"형사적으로는 방법이 없군요."

"현실적으로는 그렇습니다."

"하아~."

법에 허점이 없을 수는 없다. 그리고 똑똑한 놈들은 그 허점을 이용해서 사람들을 등쳐 먹는다.

보험사도 그런 곳 중 하나.

'청계에서 그랬지, 법은 공정하지 않다고.'

새론이 그런 그들의 의견에 반기를 들고 활동하는 상황에서 이런 일을 그대로 둔다면 사실상 청계가 승리하는 모양새가 된다.

"그러면 일단은 이 문제부터 해결해야겠네요."

"하지만 방법이 없어서요."

물론 의사들을 무료로 변론해 줄 수는 있지만 그런다고 보험사들이 공격을 멈출 리는 없다.

"아, 물론 압니다. 하지만 해결 방법은 이미 나와 있는 것 같은데요."

"네?"

"저들이 공격하는데 우리라고 공격하지 말라는 법은 없지 않습니까?"

그 말에 임진기와 고용근은 멍한 얼굴이 되었다.

노형진은 그런 그들을 보면서 말했다.

"최선의 방어는 공격이라고 하죠. 변호사들은 공격보다는 방어에 익숙합니다. 그렇다 보니 때때로 자신들은 먼저 공격하지 못한다고 생각합니다. 하지만 공격이 불가능한 건 아니죠."

"어떻게 말인가요?"

"일단은 적당한 사건이 있으면 좋겠습니다만."

그러자 고용근이 망설임 없이 입을 열었다.

"마침 적당한 사건이 있습니다. 보험사를 대상으로 한 소송이야 넘쳐 나니까요."

"그래요? 그러면 본격적으로 시작해 볼까요?"

노형진은 씩 웃었다.

보험사들이 얼마나 잘났는지 모르지만 그는 져 줄 생각이 전혀 없었다.

⚖️

고용근 변호사가 가지고 온 사건은 간단했다.

요즘 흔히 터지는 백내장 사건이었다.

"배상금은 1천만 원입니다."

"세네요?"

금액을 들은 노형진은 휘파람을 불었다.

그러자 옆에서 임진기 변호사가 대신 대답해 줬다.

"아마도 다초점 수술일 겁니다."

"다초점 수술요?"

"네. 백내장 수술은 보험이 되기는 하지만, 어디까지나 단초점 수술 기준입니다."

하지만 심한 경우는 어쩔 수 없이 다초점 수술을 해야 하는데, 아직 다초점 수술은 국가에서 지원하는 의료보험의 혜택을 받지 못한다.

"수술의 난이도나 여러 가지에 따라 달라지지만 보통 800만 원에서 1천만 원까지 한다고 보시면 됩니다. 서울 소재 대학 병원 같은 곳은 더 비싸고요."

"보험은 뭔데요?"

"실비 보험입니다. 그리고 실비 보험에서는 분명 백내장 수술을 보장하고 있습니다."

이미 보장 목록에서 백내장 수술을 확인했고, 심지어 의뢰인은 수술에 들어가기 전에 보장 여부를 전화로 확인했다고 한다.

"그런데 수술이 끝나기 무섭게 보험사에서 보험금을 못 준다며 채무 부존재 확인 소송을 걸었다는군요."

"어이가 없군요. 그나저나 이런 건 가해자에게 청구하는 건 불가능하겠네요."

"맞습니다. 교통사고가 아니니까요."

보험사 말고는 다른 책임자가 없기 때문에 채무 부존재 확인 소송을 했다고 해서 다른 이에게 청구할 수는 없다.

"흠, 보험사에서 약관상 보장된 보험금을 지급하지 못하겠다는 이유는 뭡니까?"

"그 수술이 필수가 아니라는 거죠."

"그 근거는요?"

"이겁니다."

노형진에게 서류를 건네는 고용근 변호사.

노형진은 그걸 받아 살펴보다가 피식 웃었다.

"아무리 봐도 이건 보험금 지급을 거절할 이유로는 안 보이는데요."

　해당 환자에게서 제출된 기록을 봤을 때 해당 환자의 백내장 수술의 당위성에 대한 판단은 부적절하며……

보험사에서 법원에 제출한 서류는 다소 복잡한 문장으로 적혀 있었지만 그 의미는 간단했다.

'이것만으로는 내가 판단할 수가 없다.'

"수술을 판단할 만한 근거가 부족하다니. 당연한 얘기를 하는군요."

아무리 보험사에 속아서 제3자의 의료 자문에 동의했다고 해도 그곳에 가서 다시 검사한 것도 아니다.

애초에 이제 와서 가서 검사해 봐야 이미 백내장 수술이 종료된 상황에서 수술 이전의 상황을 의사가 알 방법은 없다.

"맞습니다. 애초에 현장에서 본 것도 아니고 서류 몇 장만으로 수술의 필요성을 정확하게 판단하는 건 힘들죠."

여러 기술들이 발달했다지만 사람마다 증상도, 통증도 다르다.

카메라로 봤을 때는 멀쩡해도 의사가 직접 보니 수술이 필요하다고 판단할 수도 있는 일이었다.

"이렇게 적힌 거라면 그냥 직접 찾아가서 물어보면 되는 거 아닙니까?"

노형진은 고개를 갸웃하면서 물어봤다.

아예 수술할 필요가 없다고 쓴 것도 아니니까.

그러자 고용근이 조금 심각해진 표정으로 입을 열었다.

"그게 문제입니다. 서류에는 누가 자문했는지 나와 있지 않습니다."

"안 나와 있다고요?"

그 말에 노형진은 황급히 서류를 확인했다. 그리고 눈을 찡그렸다.

"대룡병원이네요?"

"네. 공신력이 있는 병원이죠. 그래서 보험사는 그걸 근거로 삼아 필요 없는 수술을 했다고 주장하고 있습니다."

"보험사 놈들은 병신인가?"

애초에 보험 사기를 칠 목적이 아니라면 필요 없는 수술을 할 이유가 없다.

더군다나 이건 보험 사기도 되지 못한다. 왜냐하면 실비보험이니까.

다쳐서 돈을 받는 게 아니라 수술하고 그 수술비만 받는 것이기 때문에, 결과적으로 피해자 입장에서는 땡전 한 푼도 남지 않는다.

"문제는, 보고 계시는 바와 같이 대룡병원의 누가 자문했는지는 적혀 있지 않다는 거죠."

물론 이걸 발급한 건 대룡병원 안과일 거다.

"대룡병원에서 이걸 감출 이유는 없을 것 같군요."

발급한 진단서를 봐도, 그리고 어투를 봐도 대룡병원에서 돈이나 수익을 노리고 진단서를 발급해 주었을 가능성은 없다.

애초에 대룡병원이라면 한국 최고의 병원 중 한 곳이다.

그런 곳에서 이런 작은 사건을 통해 뭘 얻겠다고 가짜 진단서를 내주겠는가?

"아전인수 격 해석이라고 했던가요?"

보험사는 그렇게 해석함으로써 지급을 거부하고 있는 상

황인데, 이 문제를 해결하는 방법은 간단하다.

대룡병원의 의사에게 찾아가서 직접 물어보는 거다.

하지만…….

"이 경우에는 제가 가서 물어본다고 해도 대룡병원에서 대답해 주지 않을 거라는 게 문제겠네요."

"환자의 개인 정보는 누설 금지니까요."

환자는 물론이거니와 자문해 준 의사에 대한 정보도 누설해서는 안 된다.

"여기 보험사가 어딥니까?"

"BB보험입니다."

"아니, 거기는 은행도 있는 놈들 아닙니까? 돈이 없는 놈들도 아닌데 왜 이 지랄을 한대요?"

"BB보험은 보험사 중에서도 가장 악질적인 곳 중 하나입니다."

임진기 변호사는 노형진의 말에 쓰게 웃으며 말했다.

"보험사들이 다 비슷하기는 하지만 그래도 BB보험에는 특출하게 악질적인 일면이 있습니다. BB보험으로부터 돈을 받으려면 못해도 1년을 기다려야 하거든요."

그 말에 노형진의 눈이 경악으로 물들었다.

"1년이나요?"

"네. 제가 아는 분이 교통사고가 났는데 BB로부터 600만 원을 받는 데 무려 2년 8개월이 걸렸답니다."

심지어 그마저도 BB보험에서 보험금을 지급하지 않으려고 철저하게 무시하기에 손해 사정인을 사서 대응하다가 소송으로 넘어가서 승소하고 나서야 간신히 받았다고.

"가장 질이 좋지 않은 곳 중 하나가 BB입니다."

"끄응."

"이건 정말로 답이 없기는 하군요."

대룡병원은 초대형 종합병원이다.

아마 안과만 해도 의사의 숫자가 서른 명은 될 거다. 스물네 시간 근무가 아니니 교대하면서 근무할 테니까.

그러니 그중 누구인지 특정해서 물어보는 건 불가능하다.

"혹시 변호사님이 정보를 얻어 주실 수 있을까요? 대룡과 친밀하시잖아요."

고용근 변호사는 혹시나 하는 생각에 기대감을 품고 노형진에게 물었다.

노형진은 대룡그룹의 중요한 인재 중 한 명이다.

당연히 그가 달라고 하면 누가 자문해 줬는지 정도는 쉽게 알아낼 수 있을 거다.

"안 됩니다."

하지만 노형진은 단호하게 선을 그었다.

"역시 개인 정보 보호법 때문인가요?"

"아니요. 사실 그건 상관없습니다. 제가 알아내려고 한다면 알아낼 수 있겠지요. 그런데 지금 하는 짓거리를 보니 이런 일이 한두 번이 아닌 것 같은데요."

"맞습니다. 거의 모든 백내장 수술에 이런 식으로 지불 거부를 하고 있습니다."

웬만한 수술에는 전부 일단 이런 식으로 서류를 제출하고 우기면서 보험금을 지급하지 않는 것을 보험사들은 하나의 전략으로 쓰고 있다고 한다.

"사실조회 신청은 해 봤습니까?"

"보험사에서 결사적으로 막고 있습니다."

"병원에 청구하면 될 거 아닙니까?"

"물론 그 방법도 써 봤습니다만 보험사에서 로비가 워낙……"

"아아~ 뭔 소리인지 알겠습니다."

지금은 아전인수 격 해석을 하는 상황이다.

당연히 당사자가 와서 제대로 된 해석을 해 주면 보험사는 질 수밖에 없다.

그렇다면 어떻게 할 것인가?

'간단하지.'

사실조회 신청을 허가하지 않도록 판사에게 두둑하게 뇌물을 먹이는 거다.

애초에 사실조회 신청이라는 것은 소송에 필요한 정보가 외부에 있을 경우 판사의 허가를 통해 공식적으로 얻는 일련의 과정이다.

즉, 판사가 허락하지 않으면 아무리 신청해도 허가받을 방법이 없다는 거다.

"보통은 이런 걸 신청하면 허가해 줄 텐데요?"

이건 누가 봐도 이상한 해석이니, 소송의 결과는 결국 이 해석의 문제를 어떻게 해결하느냐에 따라 달라진다.

그러니 판사는 그 사람만 부르면 되는 거다.

하지만 판사가 저쪽을 위해 일하느라 온갖 핑계를 대면서 사실조회 신청을 허락하지 않는 상황.

"노 변호사님이 얻어 오는 것에 그나마 기대하고 있었습니다만……."

"아까도 말씀드렸다시피 그건 안 됩니다. 불법적으로 얻은 정보는 소송에서 불리할 뿐만 아니라 나중에 문제가 될 겁니다. 더군다나 그런 소송이 많다면 이번에 이겨 봐야 다음번에는 써먹을 수 없을 테니 아무런 의미도 없고요."

"끄응."

그 말에 고용근 변호사는 자신도 모르게 신음을 냈다.

혹시나 하고 기대를 품고 물어봤지만 역시나였으니까.

"하지만 그렇다고 방법이 없는 건 아닙니다."

"아니라고요?"

"네. 그 사람이 누군지 알아낼 방법이 있지요."

"어떻게요?"

"상해죄로 고소하는 겁니다."

노형진의 말에 두 사람의 눈이 휘둥그레졌다.

그건 말도 안 되는 이야기였으니까.

"저기, 그게 가능합니까? 본 적도 없는 사람을요?"

"아니요. 물론 본 적도 없는 사람은 불가능하죠. 하지만 수술한 사람은 알죠."

"무슨 말입니까?"

"이 사건에서 가장 큰 문제는 이겁니다. 이쪽은 돈도 백도 없는 상황에서 대형 보험사를 상대로 싸워야 한다는 거요."

실비 보험은 이미 보험 가입자가 돈을 내고 나중에 보험사에서 돌려받는 방식으로 운영된다.

그렇다 보니 피해자는 이미 돈을 낸 상황에서 돈이 없어서 쩔쩔맬 수밖에 없다.

"그런데 보험사는 이게 과잉 진료라고 주장하고 있다면서요."

"맞습니다. 과잉 진료인 만큼 자신들이 보험금을 지급하지 못하겠다고 말하고 있지요."

고용근 변호사는 눈을 찡그리면서 말했다.

요즘은 무슨 수술만 하면 보험사에서 일단 과잉 진료를 주장하면서 소송을 거는 게 일반적인 상황이기 때문이었다.

그런데 노형진은 그런 그에게 생각지도 못한 해결책을 제시했다.

"그런데 과잉 진료는 범죄입니다. 이 경우는 상해죄가 성립하죠."

"어…… 어?"

"그러고 보니 그런 판례가 있었군요."

실제로 과잉 진료는 상해라는 판례가 있기는 하다.

정확하게는 치과 의사가 자신의 병원을 내원한 사람에게 과잉 진료를 한 후 보험사에 청구해서 돈을 받은 사건인데, 재판부는 해당 행위가 상해가 맞다고 인정했다.

물론 그런 시술이나 수술의 경우는 상해가 되지만 그렇지 않은 경우, 예를 들어 수술이나 시술이 아니라 필요 이상의 검사를 하거나 입원을 시키는 경우에는 상해가 아니라 사기가 될 가능성이 크다.

하지만 아직 사기에 관한 판례는 없다. 상해죄에 대한 판례만이 있을 뿐.

"저쪽의 말대로 받아들여 주면 됩니다. 저쪽은 과잉 진료를 하고 있다고 주장하니까 우리는 수술한 의사를 과잉 진료로 고소하면 됩니다."

"수술한 의사를요?"

"네. 그렇지 않습니까?"

분명 수술이라는 행위에는 사람의 신체를 상하게 하는 과정이 필수적이다.

시간이 흐르면 회복해서 멀쩡하게 기능한다고 해도 일단은 치료가 아닌 이상 상해가 성립된다.

"그러면 의사 측에서 어떤 반응이 오겠지요."

"어떤 반응이⋯⋯?"

"그 세계는 생각보다 좁거든요, 후후후. 의사들은 선후배 관계가 친밀하다고 하죠? 그 말은 서로 알고 지낸다는 거죠, 후후후."

해당 수술을 한 사람은 지원호라고 하는 안과 의사였다.

그는 고소장을 받고 기가 막혀서 말을 못 했다.

"나⋯⋯보고 상해죄라고? 아니, 은혜를 원수로 갚아도 유분수지, 뭐? 상해?"

물론 그가 돈을 벌기 위해 백내장 수술을 해 준 건 사실이다.

하지만 한 사람이 장님이 될 수밖에 없는 상황에서 수술을 해 주지 않을 의사는 어디에도 없다.

지원호의 입장에서는 어떻게 보면 환자의 인생을 구해 준 거다.

그런데 그 환자의 변호사라는 사람이 갑자기 자신을 상해 죄로 고소한 것이다.

"뭔 개소리야! 어? 지금 너⋯⋯ 이 새끼! 아니, 환자는 어디 있어? 지금 이거, 환자가 동의한 거야?"

"아닙니다. 환자분은 모르십니다."

노형진은 단호하게 부정했다.

실제로 환자는 모른다. 자신을 수술해 준 의사를 고소하자고 하면 환자가 동의해 줄 리가 없기 때문이다.

'하지만 상해죄는 친고죄가 아니란 말이지.'

상해죄는 친고죄가 아니라서 제3자라고 해도 죄를 인식하는 순간 고소할 수 있다.

그랬기에 변호사로서 지원호를 고소하는 게 가능했던 것이다.

"아니, 내가 왜 상해라는 거야! 어?"

이건 심각한 문제다.

왜냐하면 일단 상해죄로 처벌받으면 받은 돈도 토해 내야 하는 데다가 국민건강보험공단에서 감사가 들어오기 때문이다.

그쪽에서 온갖 꼬투리를 잡으면서 지급을 거절하기 시작하면 병원이 망하는 건 순식간이다.

그랬기에 지원호 입장에서는 이 문제가 어이가 없으면서도 분노할 수밖에 없었다.

"보험사에서는 과잉 진료라는 증거를 가지고 왔습니다."

"뭐? 과잉 진료?"

"그렇습니다."

"야, 이 미친 새끼들아! 눈깔이 삐었냐?"

그는 하루하루가 바쁜 사람이다.

쓸데없는 수술을 할 만큼 장사가 안되는 것도 아니다.

도리어 밀려드는 예약 때문에 수술 날짜를 잡으려면 최소한 달은 기다려야 한다.

그런데 뭐가 아쉽다고 과잉 진료를 하고 필요 없는 수술을 한단 말인가?

그렇게 하지 않아도 다른 환자가 그 자리를 금방 메꿀 텐데.

"어쩔 수가 없었습니다. 그쪽에서 공식적으로 과잉 진료라는 서류를 냈거든요."

"뭐?"

"혹시 몰라서 가지고 왔습니다."

그렇게 말하며 노형진은 서류를 슬쩍 건넸다.

서류를 읽어 본 지원호는 기가 막혀서 소리를 버럭 질렀다.

"니미, 변호사라는 새끼가 한글도 몰라? 이건 수술이 과잉이라는 말이 아니라 해당 자료로는 정확한 판단을 내릴 수가 없다는 말이잖아!"

"저희도 그렇게 생각합니다. 하지만 보험사는 그렇게 생각하지 않습니다. 문제는, 판사도 그들의 의견에 동의하고 있다는 거고요."

그리고 보험사는 이 서류를 근거로 보험금을 지급하지 않는다.

"이런 상황이라면 저는 의뢰인을 위해 어떤 식으로든 최선을 다할 수밖에 없습니다."

"뭐?"

"그게 변호사니까요."

의뢰인을 대신해서 욕을 먹어도, 온갖 더러운 꼴을 다 당해도 결국은 의뢰인을 위해 최선을 다하는 게 변호사의 할 일이다.

"그리고 실제로 과잉 진료가 맞다면 저희는 지급한 돈을 돌려받아야 합니다."

"와, 미치겠네?"

지원호는 너무 어이가 없어서 미칠 것 같았다.

문제는 법리적으로는 이렇게 하는 게 맞다는 거다.

물론 경찰이 조사한다고 해서 수술이 상해가 될 가능성은 없다. 진짜 수술하지 않으면 환자는 장님이 될 상황이었으니까.

문제는 이게 시작이라는 거다.

이대로라면 그가 수술할 때마다 보험사의 지원을 받지 못하고 상해로 고소당해 병원을 운영하는 게 불가능해질 거다.

한 달 내내 병원이 아닌 경찰서에 가야 할 테니까.

"어떤 미친 새끼가 이런 말도 안 되는 해석을 한 거야? 눈깔이 삐었어?"

"저희가 아닙니다. 보험사지."

"야, 이 씹! 그러면 해당 병원에 물어보든가."

"개인 정보 보호법 때문에 알아볼 수가 없네요. 죄송합니다."

"하, 그래? 그렇단 말이지? 그러면 내가 알아보는 것도 불법이야?"

"네? 그건 아니죠. 합법입니다."

"그렇단 말이지."

다행히도 지원호는 원래 대룡병원 안과에서 일하던 사람이다.

지금은 다른 종합병원으로 옮겨 왔다지만 대룡병원에 있던 모든 인맥이 사라진 건 아니었다.

"누가 이런 말을 했는지 꼭 알아내고야 만다."

지원호는 이를 박박 갈았다.

자본주의적 파리

　지원호는 당장 그 서류를 들고 대룡병원으로 향했다.

　그리고 안과 과장에게 사정을 설명하고 서류를 보여 주면서 이걸 쓴 사람이 누군지 찾아 달라고 부탁했다.

　그런데 돌아온 대답은 생각지도 못한 말이었다.

　"이거 내가 쓴 건데?"

　"네?"

　"이거 말이야, 내가 쓴 거야. BB보험에서 자문해 달라고 해서 한 건데."

　"이걸요?"

　"그래, 맞아. 기록에 있을 거야. 환자 이름도 기억나는구만. 68세 노인, 남자 맞지?"

"맞습니다."

"그게 지 원장 자네 환자였어?"

"네. 어휴, 다행입니다."

지원호는 안과 과장의 말에 안도의 한숨을 내쉬었다.

아무리 대룡병원에 아는 사람이 있다고 해도 자문한 의사의 뒤를 캐는 게 부담스러운 일인 건 사실이니까.

"혹시 이거, 이상한 의미로 자문하신 건 아니죠?"

"무슨 이상한 의미?"

"수술할 필요가 없다든가……."

"뭔 개소리야? 자네 환자라며? 그러면 자네도 우리 쪽으로 넘어올 자료들에 대해서는 대충 알잖아? 그것만으로는 정확한 판단이 힘들다고. 그것뿐이야."

때때로 환자의 눈을 직접 봐야만 알 수 있는 경우도 있으니까.

"그러면 정말로 환자가 한 수술이 과잉 수술이다 같은 의견은 말하신 적 없다 이거죠?"

"없다니까. 아니, 과잉 수술? 그건 아니지. 내 의견은 그건데? 백내장 수술을 해야 하는 건 확실하지만 이게 단초점 수술을 해야 하는지 아니면 다초점 수술을 해야 하는 건지는 불확실하다 정도."

"이 개 같은 보험사들."

과장의 설명을 들은 지원호는 뒷목을 부여잡았다.

"왜 그래? 무슨 일 있어?"

"사실, 보험사에서 지랄해서 제가 과잉 진료로 인한 상해로 고발당했습니다."

"과잉 진료로 인한 상해? 뭔 개소리야? 아니, 거기서 상해가 왜 나와?"

"보험사 새끼들이 이걸 이상하게 해석했어요."

"뭐?"

상황을 전해 들은 안과 과장도 머리를 부여잡았다.

"하, 이 새끼들. 또 이 지랄이네."

"전에도 그랬나요?"

"한두 번이 아니야."

과장은 눈을 찡그리며 말했다.

"내가 아무리 제대로 답을 써 주면 뭐 해? 자기들 마음대로 해석하고는 깽판을 치는데."

"과장님, 이거 저 진짜 억울합니다."

"하, 억울하겠지. 씨팔. 나도 이런 경우는 처음이긴 한데⋯⋯."

보통은 이런 경우 수술한 의사는 그냥 빠지고 보험사와 가입자의 싸움이 된다.

그런데 노형진이 방향을 바꿔 버리자 의사들 입장에서는 그냥 있을 수가 없게 되었다.

물론 상해죄로 소송당한 입장에서 의사들이 노형진이나

변호사를 좋게 볼 수는 없다.

하지만 그들의 근본적인 분노는 자연스럽게 보험사를 향할 수밖에 없었다.

왜냐하면 고용근 변호사나 임진기 변호사의 말처럼 의사의 멀쩡한 자문을 이상하게 해석한 일이 한두 번이 아니기 때문이다.

다만 그게 자신들에게까지 영향을 끼치리라고는 생각해 본 적조차 없었지만.

"과장님, 이거 재판정에서 진술해 주실 수 있습니까?"

"진술? 해 줄게."

"진짜로요?"

"이런 일이 지금 한두 번이 아니잖아. 선을 넘어도 단단히 넘었지. 더군다나 지 원장 말대로라면 당장 우리한테도 피해가 오기 시작한다는 건데."

과장은 지원호가 건네준 서류를 탁탁 치며 말했다.

"더군다나 이거 새론이 담당 변호사라며?"

"네, 맞아요."

"지 원장도 알잖아? 새론이 이런 시스템의 허점을 파고들어서 공격하는 걸로 유명한 거. 새론이 앞으로도 이런 케이스를 안 다룰 것 같아?"

당연히 다룬다. 그리고 새론이 하면 다른 변호사들도 하게 된다.

"저도 같은 생각입니다. 보험사 새끼들이 지랄같이 해석하면 그때마다 저희는 경찰서에 가서 진술서를 써야 할 겁니다."

"내 말이 그 말이야."

대룡그룹은 새론과 밀접한 관계를 맺고 있다. 특히 대룡병원은 더더욱 그렇다.

왜냐하면 대룡이 미국에서 의료 사업을 할 수 있었던 데에는 새론의 도움이 컸기 때문이다.

그랬기에 새론의 스타일에 대해 대룡병원의 사람들은 알고 있었다.

"귀찮다고 안 나갔다가는 진짜 난리 날 테니까."

잘 알기에 조심스러웠고, 경계할 수밖에 없었다.

"그래서, 그 재판이 언제인데?"

"한번 물어보겠습니다."

"이 개 같은 새끼들. 후우."

그 말에 과장은 긴 한숨만 쉬었다.

⚖

재판에 노형진이 출석하자 보험사 측 변호사는 저도 모르게 흠칫했다.

"흠? 저를 아는 걸까요?"

"그럴 수도 있고요. 뭐, 유명한 분이시지 않습니까?"

"악명이 자자한 거겠지요."

노형진은 고용근과 웃으며 말했다.

상대방 변호사는 곧 심호흡하면서 애써 평정을 되찾은 뒤 앞으로 나왔다.

어차피 한꺼번에 넘겨받은 사건이기에 대충 시간이나 때 우려는 거니까 노형진이 아니라 누가 나오더라도 상관없었 기 때문이다.

"재판장님, 지난 재판에서 말씀드렸다시피 이번 사건에서 원고 측은 의사가 인정하지 않는 과잉 진료를 한 것이 명백 합니다. 지난 증거는 라-1번을 보시면……."

지난번과 별반 다를 게 없는 재판이었다.

딱히 새롭게 들이밀 것도 없고 애초에 소가도 그다지 높지 않은 재판이었기에 대충 이야기만 해도 상관없었다.

어차피 이 정도 소가를 가지고 싸우는 소송은 단독심이니 까.

"이상입니다."

"원고 측, 더 이상 하실 말 없습니까?"

판사는 귀찮다는 듯 말했다.

지난번에 했던 말을 다시 들으려니 귀찮은 거다.

그런데 이번에 일어난 것은 고용근 변호사가 아닌 노형진 이었다.

"재판장님, 이 사건에서 피고 측이 제출한 서류에는 수술의 정당성을 부정하는 내용이 아니라, 원고 측에서 제공한 자료가 피고 측이 판단하기에 부족하다는 주장이 담겨 있습니다."

여전히 지난번과 다를 게 없는 상황.

그 상황에서 피고 측인 보험회사 변호사는 속으로 피식 웃었다.

'노형진이 유명하다고 들었는데 이제는 방법이 없는 모양이네?'

지난번과 별반 다를 게 없는 주장에 보험사 측 변호사는 느긋하게 의자에 기대앉았다.

하지만 이어지는 말에 자신도 모르게 벌떡 일어났다.

"이를 증명하기 위해 그 서류를 작성한 의사를 증인으로 신청하는 바입니다."

"증인?"

그 말에 판사는 잠깐 생각하다가 고개를 주억거렸다.

분명 노형진이 사전에 증인 신청을 했으니까.

"재판장님! 저희는 증인 이야기에 대해서는 전혀 듣지 못했습니다!"

"이미 서류는 발송해 드렸습니다만?"

"그게……."

그제야 다급하게 재판 기록을 확인하는 변호사.

그리고 거기에 있는 증인 명단을 보고 얼굴이 노래졌다.

'그래, 그렇겠지.'

이런 식으로 대량으로 진행되는 재판의 경우는 정말로 이겨 달라고 맡기는 게 아니다. 그저 '한꺼번에 처리'하기 위해 진행하는 것일 뿐.

당연하게도 그 과정에서 변호사는 하나하나 제대로 읽을 시간이 없다. 하루 종일 출석 1회에 참관은 100회씩 해야 하기 때문이다.

그렇다 보니 대부분의 변호사들은 대충 표지만 읽고 간다.

실제로 대부분의 사건은 당사자만 다를 뿐 비슷한 내용의 반복이니까.

더군다나 이번 경우처럼 증인까지 따로 요청하는 일은 거의 없기 때문에 아예 생각을 못 했다.

"인정합니다."

판사는 어쩔 수 없다는 듯 고개를 끄덕거렸다.

미리 요청한 거고 딱히 문제 될 것도 없다 보니 거부할 수는 없는 노릇이었으니까.

'그래, 증인이 있을 수도 있지.'

하지만 여기서 피고 측 변호사는 큰 실수를 했다.

사건에 대해 아는 게 거의 없었기에 증인 명단에 쓰여 있는 이름이 누구인지, 그게 뜻하는 바가 뭔지 몰랐던 것이다.

모든 서류는 보험사에서 만들어서 한꺼번에 넘기는 데다

사건을 도떼기시장에서 물건을 받아 오듯이 한꺼번에 수백 건씩 넘겨받으니 전부 조사하고 확인할 수가 없었다.

"증인, 선서하세요."

하지만 선서가 이어지고 증인의 심문이 시작되자 분위기는 완전히 바뀌어 버렸다.

"증인, 증인은 대룡병원에서 안과 과장으로 근무하는 자입니까?"

"맞습니다."

증인은 고개를 끄덕거렸다.

"그러면 증인은 이 서류를 본 적이 있습니까?"

노형진이 미리 준비한 서류를 보여 주자 증인은 고개를 끄덕거렸다.

"본 적이 있습니다."

"이 서류가 뭡니까?"

"제가 작성한 서류입니다."

그 말에 피고 측 변호사는 눈이 휘둥그레졌다.

'아니, 어떻게?'

분명 이 서류는 대룡병원에서 날아온 게 맞다. 안과 관련 소송이니 당연히 안과에서 발급했을 것이다.

하지만 거기에는 수십 명의 의사가 있고, 개인 정보 보호법 때문에 누구도 개인 정보를 줄 수는 없다.

그래서 이름만 쏙 빼고 서류를 제출한 것이다.

그 의사를 직접 부르는 걸 막기 위해서.

실제로 보험사들이 서류를 제출할 때 의사의 이름을 빼는 것도 그런 이유였다.

"재판장님! 저건 위증입니다!"

당연히 말도 안 된다고 생각한 그는 일어나서 소리를 버럭 질렀다.

이 서류를 작성한 의사는 여기에 있으면 안 된다.

아니, 여기에 있을 수 없다.

그렇게 생각했으니까.

"그래요? 어째서 위증이라고 생각하십니까?"

노형진은 변호사를 보고 싱글벙글 웃으며 물었다.

피고 측 변호사는 험악한 표정으로 입을 열었다.

"이 서류는 철저하게 익명으로 제공되었습니다. 그런데 어떻게 이렇게 갑자기 이 서류를 작성한 사람이 증인으로 재판에 참석한단 말입니까?"

"피고 측에서는 그렇게 생각할 수도 있겠군요."

굳이 이쪽 카드를 보여 줄 이유는 없다.

저들의 상황을 추측하는 건 쉬운 일이기에 저쪽의 카드를 무력화하는 방법도 잘 알고 있기 때문이다.

그렇기에 노형진은 확답을 피하고 도리어 그에게 질문했다.

"그러면, 피고 측 변호인."

"왜요?"

"피고 측 변호인이 이 서류를 작성한 사람이 증인이 아니라고 확신하시는 이유는 뭡니까?"

"그거야 어떤 법적인 접촉 과정도 없었으니⋯⋯."

"그러면 피고 측 변호인은 이 서류를 작성한 자의 이름을 알고 계시다는 거네요?"

"그야⋯⋯."

모른다.

하루에 하는 수백 개의 소송마다 이딴 식의 아전인수 격해석이 붙어 있는데, 그걸 작성한 사람을 다 알 수도 없고 애초에 보험사에서 넘겨줄 때도 병원은 알려 줘도 자문한 의사는 알려 주지 않는다.

결국 변호사는 꿀 먹은 벙어리가 되었다.

작성자를 모르니 말할 게 없었던 것이다.

"누가 작성했는지도 모르면서 어떻게 위증이라고 확신하십니까?"

"⋯⋯."

"좋습니다. 뭐, 작성자의 이름은 모를 수도 있죠. 그렇다면 증인이 작성하지 않았다고 확신은 하십니까?"

당연히 확신도 못 한다. 애초에 그가 누군지도 모르니까.

더군다나 대룡병원의 안과 과장으로 근무한다는 게 거짓말은 아닐 거다. 그렇게 뻔한 걸 거짓말하면 바로 위증으로 처벌받으니까.

"재판장님, 보시다시피 피고 측 변호인의 주장은 근거는 커녕 심지어 확신도 없이 오로지 증인의 증언을 막을 목적만으로 한 주장일 뿐입니다."

그 말에 판사는 눈을 찡그렸다.

보험사가 자기 주머니를 제법 두둑하게 채워 주고 있는 건 사실이지만 이렇게 병신 짓을 하는 것까지 모른 척할 수는 없다.

더군다나 상대방은 노형진이다.

이런 병신 짓까지 편들어 줄 경우 자신에게 남는 건 영혼까지 털려서 교도소에 가는 것뿐이다.

운이 좋아도 그저 그런 판사가 될 뿐이고.

범죄로 잘려서 개인 변호사 사무실을 열어 봐야 사건 수임은 꿈도 꾸기 힘든 게 사실.

그렇다 보니 결국 판사는 공정하게 처리할 수밖에 없었다.

"인정합니다. 피고 측 변호인, 이의 신청을 하려면 근거를 가지고 하시기 바랍니다."

"알겠습니다."

"증인신문을 계속하세요."

"감사합니다."

노형진은 고개를 끄덕거리면서 증인에게 다가갔다.

"증인, 이 서류는 증인이 작성한 게 맞습니까?"

"맞습니다."

"신청자가 누굽니까?"

"BB손해보험입니다."

"그곳에서 무엇을 요청하던가요?"

"이 서류를 검토해서 수술이 필수적이었는지 판단해 달라고 했습니다."

"그래서 검토하셨나요?"

"그렇습니다."

"그래서 결과는요?"

"판단 불가 결정을 내렸습니다."

"판단 불가라는 게 정확하게 뭡니까?"

"해당 자료가 워낙 부실하고 실질적으로 환자를 단 한 번도 대면하지 못한 상태에서 이 서류만으로는 수술의 필요성을 판단하기 힘들다는 뜻입니다."

그 말을 듣는 피고 측 변호사는 점점 똥 씹는 얼굴이 되어 갔지만 이제 와서 증인의 입을 막을 수는 없었다.

"피고 측은 이 서류가 수술의 불필요성을 증명한다고 주장하는데, 피고 측의 주장이 맞습니까?"

"아닙니다. 제가 말한 판단 불가는 말 그대로 '판단할 수가 없다.'이지 '수술할 필요가 없다.'가 아닙니다."

그동안 피고 측이 주장하던 논조가 파괴되자 피고 측 변호인은 얼굴이 노래졌다.

물론 질 수도 있고 이길 수도 있다.

하지만 문제는, 노형진이 어떤 방법을 썼는지는 모르겠지만 의사를 찾아서 증언을 받아 냈다는 거다.

그건 이대로는 그동안 주력으로 써먹던 아전인수 격의 해석을 더 이상 하지 못하게 된다는 뜻이었다.

그때마다 자문을 한 의사가 증인으로 참여하면 되니까.

물론 노형진은 여기서 끝낼 생각이 없었다.

"증인, 그러면 추가 자료는 받아 보셨습니까?"

"추가 자료는 못 받았습니다."

"재판장님, 여기 마1 추가 자료를 증인에게 제공하겠습니다."

"인정합니다."

노형진은 미리 제출된 서류를 증인에게 제공했다.

"읽어 보세요."

"알겠습니다."

그는 한참을 그걸 읽었다.

이윽고 그가 다 읽은 것을 확인한 노형진이 그에게 물었다.

"증인, 이 추가 자료는 본 적이 있습니까?"

"아니요. 없습니다."

'당연히 없겠지.'

이건 피해자가 수술한 병원에서 제공한 서류지만 동시에 보험사에서 제공을 요청하지 않은 서류다.

그리고 이 서류는 정확하게 한 가지를 이야기하고 있다.

"그 추가 자료를 놓고 봤을 때 증인의 판단은 어떻습니까?"

"이 추가 자료를 가지고 종합적으로 판단했을 때 수술은 필수적이라고 보입니다."

그 말에 피고 측 변호인은 똥 씹은 얼굴이 되었다.

노형진은 그를 보면서 씨익 웃었다.

⚖️

"그놈이 꿀 먹은 벙어리가 되는데, 캬!"

고용근 변호사는 속이 다 시원했다.

그동안 뻔뻔하고 후안무치한 모습만 보이던 상대방 변호사가 찍소리 한번 못 하고 도망가다시피 퇴장했기 때문이다.

"그나저나 진짜로 작성자가 나올 줄은 몰랐습니다."

"말씀드렸다시피 의사의 업계는 서로 아주 공고한 관계를 맺고 있습니다. 만일 내부에서 이런 문제로 싸움이 나면 편히 생활하기가 힘들죠."

하물며 이 상황은 누가 잘못한 것도 아니고, 외부에서 보험사가 아전인수 격으로 해석하면서 의사의 명예를 더럽힌 건이다.

"이런 일을 당한 의사는 그저 기가 막히는 거죠."

보통은 이런 해석을 한 후로 사건과 관련될 일이 없어서 잊어버리고 만다.

하지만 관련이 생기면 이야기는 달라진다.

"그나저나 정말로 서류가 누락되는군요."

"맞습니다. 수작질이죠."

아무리 의사가 직접 보고 판단하는 부분도 있다지만 그래도 어느 정도는 기록에 남을 수도 있고, 또 그 기록을 기반으로 판단할 수도 있다.

노형진은 그 부분이 이상하다는 생각을 했다.

수술한 지원호가 일하는 병원은 동네의 작은 안과 병원이 아니다.

그는 대룡안과에 있다가 경기도에 있는 대형 종합병원으로 스카우트되어 간 거다.

당연히 거기는 동네 안과와는 비교도 못 할 검사 장비가 있고 또 그 기록도 확실하게 남아 있다.

그럼에도 불구하고 판단이 불가하다는 결과가 나오다니.

"그건 좀 이상하다 싶었습니다. 사실 어지간한 사진만 있어도 판단은 가능하죠. 더군다나 지원호 씨가 그러지 않았습니까, 이 환자의 경우는 중증이라서 수술하지 않으면 실명의 위험이 높았다고."

"그렇지요."

"그런데 판단을 못 하는 게 말이 안 된다 싶었지요."

그런데 생각해 보니 보험사에서 제출한 서류는 그 판단에 대한 결과지뿐이다.

어떤 서류를 의사에게 제공했는지는 재판정에서 공개하지

않는다.

애초에 재판에 필요한 건 결과지 과정이 아니니까, 그건 어찌 보면 당연한 거다.

"하지만 그 과정에서 속임수를 쓸 수도 있죠. 바로 지금처럼요."

방법은 간단하다. 의사에게 진짜 진단에 필요한 서류를 제공하지 않는 거다.

그러면 의사는 당연히 판단 불가라는 결정을 내릴 거고 말이다.

"어떻게 아신 겁니까? 저는 전혀 몰랐는데요."

임진기 변호사는 신기하다는 듯 물었다.

내부에서 벌어지는 일이라서 그는 알 수가 없었다. 그리고 의사도 비밀 유지의 의무 때문에 외부에 이런 걸 떠들 수도 없다.

"그냥 이상하더군요. 의사들이 이런 아전인수 격의 해석이 가능한 자문을 자주 해 준다고 하시지 않았습니까?"

"그랬지요."

"아전인수 격의 해석을 하기 위해서는 부정확한 부분이 있어야 하거든요. 그런데 보험사 측 의사도 아니고 중립적인 의사가 그런 서류를 써 준다는 게 이상했어요."

그러니까 보험사에서 새로운 방법을 쓴 거다.

제출된 서류 중에서 자신들에게 불리한 서류, 그러니까 확실하게 수술이 필요하다고 판단할 수 있는 서류는 슬쩍 빼고 의사에게 제공한 것.

당연히 나머지 서류만 본 의사는 수술의 필요성에 대해 확신하지 못하거나 수술이 불필요하다고 판단하게 될 테고, 그 걸로 보험사는 채무 부존재 확인 소송을 걸어왔던 거다.

"문제는 이게 합법이라는 거죠."

"끄응……."

검사가 증거를 누락하거나 조작하는 것은 불법이지만 민사의 영역에서 자신에게 유리한 방향으로 증거를 해석하도록 누락하거나 하는 것은 합법이다.

그리고 서류를 누락하는 것 역시 그런 해석의 영역이다.

"저는 전혀 몰랐는데 말이죠."

고용근 변호사는 기가 막혀 왔다.

저쪽에서 내민 서류를 보면서 그걸 깨트릴 생각만 죽어라 했지 애초에 그 서류가 조작된 것임을 증명할 생각은 전혀 못 했었다.

물론 소송이 오래 진행되면 이쪽도 수술한 의사의 서류를 제출하지만, 그 차이는 제법 크다.

기존의 방식대로라면 1 : 1 상황이 된다.

왜냐하면 저쪽은 돈 때문에 의사가 과잉 진료를 했다고 주장하니까.

하지만 노형진의 방식은 1 : 1이 아니라 0 : 2가 된다.

'아니다. 0 : 3쯤 된다고 봐도 되겠네.'

왜냐하면 보험사가 고의적으로 증거를 조작한 걸 증명함으로써 그들의 증거를 믿을 수 없다는 걸 보여 줬으니까.

더군다나 노형진의 말처럼 수술을 집도한 의사 입장에서는 상해죄에서 벗어나기 위해서라도 더 공격적으로 나설 수밖에 없고, 그런 경우에는 당연히 이쪽이 더 유리할 수밖에 없다.

'방식의 차이라는 건가?'

같은 사건, 같은 자료로 시작했다.

그런데 그는 마땅한 해결책을 수년간 못 찾은 반면, 노형진은 단박에 사건을 뒤집었을 뿐만 아니라 더 이상 같은 짓거리도 못 하게 했다.

"뭘 그렇게 생각하십니까?"

"아, 아닙니다. 다음 사건요."

"다음 사건?"

"네, 다음 사건은 이번 사건하고 좀 다릅니다. 내부 인원이니까요."

"아! 그 내부자문위원회인지 뭔지 말이군요."

"맞습니다."

보험사는 내부에 별도의 자문위를 두고 의학적인 자문을 구한다.

"문제는, 말씀드렸다시피 그 자문위가 무늬만 자문위원회라는 거죠."

자문하고 돈을 받는 집단이다.

조금 달리 말하면, 사실상 회사에 고용되어서 그들을 위해 자문해 주는 집단이다.

"전에도 말씀드렸지만 여기는 막장입니다. 인맥으로 서로 연결되어서 이번처럼 차단하는 것도 불가능하죠."

고용근의 말에 임진기 역시 고개를 끄덕거렸다.

"맞습니다. 보험사 자문위로 들어간 의사나 간호사는 사실상 의료인으로서의 생명이 끝났다고 보는 편이 일반적입니다."

"그 정도인가요?"

"의사는 돈이 되는 직업입니다. 사실 돈을 못 버는 게 아니라 안 버는 거라고 봐도 무방합니다. 제가 왜 시골에 내려가서 의원을 차렸는지 아시지 않습니까?"

"그건 그렇지요."

서울과 경기도권에서는 병원을 차리면 망한다. 포화 상태이기 때문이다.

하지만 지방에서는 그렇지 않다.

의사가 없어서 연봉을 두 배씩 불러도 사람을 구할 수가 없다.

의사 대부분이 소위 말하는 가오 때문에 내려가는 걸 거부하기 때문이다.

이를 반대로 말하면, 그 가오를 포기하고 내려가면 매년 수억의 돈을 벌 수 있다는 소리다.

실제로 강원도 등의 일부 지역은 산부인과 시설의 수준이 중국만도 못하다는 소리가 나오는 상황이고, 어떤 지방의 대형 병원은 연봉으로 무려 4억을 내걸었어도 지원자가 하나도 없는 상황이었다.

"하긴, 지방은 의사들에게 최후의 보루 취급받지요?"

"맞습니다."

사람을 죽여서 서울에서 일을 못 한다? 그럼 지방으로 가면 된다.

강간을 해서 산부인과에서 일을 못 한다? 그러면 지방에 산부인과를 차리면 된다.

이게 현재 의료계의 현실이다.

"그러니 보험사 측에서 전문 자문 위원으로 일하는 건 지방에서도 기피할 만큼 심각한 문제를 가지고 있는 사람이라는 뜻이죠."

"범죄 문제 말입니까?"

"범죄 문제인 경우도 있지만 보통은 다른 문제가 많습니다."

마약중독이라거나 알코올중독 등 심각한 질환으로 인해 아예 의료 업무 자체가 불가능한 놈들이 그런 곳을 많이 간다.

그냥 보험사에서 원하는 대로 서류를 작성하고 서류에 사인만 하면 돈을 제법 벌 수 있으니까.

"가장 큰 문제는, 보험사의 내부자문으로 들어간다는 건 의료인으로서의 신념을 버린다는 의미입니다."

의사는 히포크라테스 선서를 수정한 제네바 선언을, 간호사는 나이팅게일 선언을 함으로써 환자를 보호하고 생명을 살리겠다고 한다.

하지만 보험사의 내부자문은 환자를 지키는 게 아니라 그들을 말려 죽이는 곳.

그곳에 입사했다는 것 자체가 더 이상 병자를 보호하지 않겠다는 의미나 마찬가지다.

"물론 그 숫자가 많지 않아서 다행이지만, 문제는 그게 불법이 아니라는 거죠."

"불법이 아니라고요?"

"'내부자문'이니까요."

"웃기네요."

의료 자문은 의사만 할 수 있다.

정확하게는, 의료 자문에 관한 규정은 의료법상 의료 기관의 전문의 또는 그에 준하는 경력을 가진 사람만을 대상으로 인정하고 있다.

그런데 그런 자격을 가진 사람이 보험사에서 주는 돈 몇 푼에 일하겠는가?

당연히 거기에서 일하는 사람은 대부분 소위 퇴물이거나 일선에서 일할 수 없는 결격사유를 가진 사람들이다.

"가장 큰 문제는 대부분의 소송에서 이 의료 자문이 남발되고 있다는 거죠."

"하지만 내부 의료 자문은 인정되지 않지 않습니까?"

"물론 그렇습니다. 하지만 소송의 근거는 되죠."

"애초에 의료 자문이라는 건 보험사의 지뢰니까요."

"맞습니다. 애초에 의료 자문은 피해자, 아니 보험금 수령인에게 절대적으로 불리하죠."

보험사가 요구하는 서류 중에는 절대로 동의하지 말라는 서류가 몇 가지 있다. 그중 하나가 바로 의료 자문 동의서다.

왜냐하면 의료 자문 동의서를 가지고 싸우면 100% 보험 청구자에게 불리하기 때문이다.

그도 그럴 것이, 외부 의료 자문을 해 주는 대부분의 의사들은 보험사와 지속적으로 거래하면서 매년 어마어마한 수익을 내고 있다.

한 건당 30만 원인데 그거 하나 해 주는 데 채 30분도 걸리지 않으니까.

"그렇게 외부에서 고작 30만 원에 양심을 팔아먹는 의사들이 넘쳐 나니까요."

그런데 그런 경우에 문제가 되는 게 바로 의료 자문 동의서다.

의료 자문 동의서를 받아서 외부에서 의료 자문을 받는 그 순간 보험금 수령인은 보험사의 손아귀에 놀아나게 된다.

보험사는 어떤 의사가 어떤 사건이나 질병에 대해 어떤 입장을 취하는지, 또 보험사에 우호적인지 적대적인지 등과 관련된 모든 자료를 가지고 있다.

지난번 백내장 사건도 자기들이 이용해 먹을 수 있다는 사실을 알고 이용했다가 노형진에게 당한 것뿐이다.

예를 들어 한국에서 가장 흔한 암 중 하나인 갑상선암의 경우 일부 의사들은 암이 아니라고 주장하기도 한다.

치료의 난이도가 낮고 위험성이 덜하다며 말이다.

하지만 그건 진짜 아무것도 모르는 소리다.

암은 치료의 난이도로 구분하는 게 아니라 질병의 특성으로 구분하는 거니까.

실제로 갑상선암도 다른 암처럼 전이되고, 말기에는 사망률이 치솟는다.

하지만 보험사는 그런 의사들을 이용한다.

그런 의사들을 기록해 놨다가 누군가가 갑상선암으로 보험을 청구하면 그들을 찾아가서 암이 아니라는 자문을 받아오는 거다.

물론 이건 개소리다. 그런 주장을 하는 사람은 주류에서 인정을 못 받는 극소수니까.

문제는 그 정도만 해도 충분히 지급을 거부할 근거가 된다는 것.

그리고 그렇게 치료비를 지급하지 않으면서 죽기를 기다

리는 거다.

그리고 그게 소문나면서 요즘은 그 동의서에 사인하지 않는 사람이 많아졌다.

"바로 이때 이놈들이 튀어나오는 겁니다."

"내부자문위 말이군요."

부르는 이름은 다양하다.

내부자문위원회, 자문 팀, 의료 팀 등등.

하지만 그들의 목적은 똑같다. 돈을 주지 않기 위한 근거를 만들어 내는 것.

"공식적으로는 내부 의견이지만요. 문제는 그 내부 의견도 외부 자문과 별반 다를 게 없다는 거죠."

외부 자문 결과 질병 인정이 안 된다?

그러면 돈을 못 주니 꼬우면 소송 걸라면서 피해자가 죽을 때까지 버틴다.

외부 자문 동의서에 사인을 하지 않았다?

그러면 필수 서류에 사인하지 않았다고 주장하면서 지급을 거부하고, 내부자문위원회의 의견을 기준으로 채무 부존재 확인 소송을 걸어 버린다.

"이건 뭐 아귀도 아니고."

돈은 돈대로 받아 처먹고는 어떻게 해서든 보험금을 지급하지 않기 위해 상대방이 죽기를 바라는 보험사의 행동에 노형진은 질려 버리고 말았다.

"차라리 소액은 받기라도 쉽죠. 그런데 중증 상해나 사망은 100% 소송입니다."

"이게 무슨 내부 조직입니까?"

보험사에서는 내부자문위에서 심사하는 건 외부에 영향을 못 미친다고 말한다.

하지만 애초에 그걸 기준으로 지급을 거절하는 것 자체가 외부에 영향을 미치는 거다.

"그래서 이번 사건이 중요합니다."

고용근 변호사는 노형진에게 새로운 서류를 건네며 말했다.

"이걸 살펴보시면 지난번 사건이 차라리 편했다고 느끼실 겁니다."

백내장 수술 사건은 그나마 보험사가 중립적이고 양심적인 의사를 속여서 이용하려고 한 케이스였다. 하지만……

"이번 사건은 교통사고로 인한 손해배상 청구 상황입니다만……"

"그런데요?"

"보험사에서 장애가 일시 장애라고 주장하면서 관련 서류를 냈는데요."

"흠."

채무 부존재 소송.

사유는 두 가지였다.

첫 번째, 장애가 일시적이다.

두 번째, 피해자가 의료 자문 청구를 거절해서 지급을 못 하겠다.

"장난하는 것도 아니고."

노형진은 눈을 찡그렸다.

일단 교통사고로 발생한 신체 장애가 일시적이라는 주장도 정확한 검사를 바탕으로 한 게 아니었다.

"그걸 주장한 게 내부자문위원회군요."

"네, 맞습니다."

그들은 전문가도 아니고 심지어 환자를 만나 본 적도 없다.

애초에 보험사에서 받아 간 서류는 입원한 병원에서 찍은 의료용 영상과 사진들뿐이다.

그런데 자기들끼리 이 서류를 보며 이야기한 것만으로 결론을 내리고 돈을 못 준다고 하다니.

내부자문위를 통해 받은 터무니없는 서류를 보여 주며 보험금을 못 준다며 버티고, 보험금 수령인이 그에 동의하지 않으면 외부 자문을 받으라고 꼬드기고, 외부 자문에 동의하면 돈을 먹인 자문 의사에게서 자신들에게 유리한 서류를 받아 내 그걸 핑계로 보험금 수령인에게 돈을 지급하지 않는 방식.

이게 보험사들이 쓰는 방식이다.

"이건 뭐 시체를 기다리는 파리 같네요."

"파리요?"

"파리들은 시체에 알을 까지요. 딱 그거 아닙니까? 자기들 돈 좀 아껴 보겠다고 피해자가 죽기를 바라는, 자본주의적인 파리."

"틀린 말은 아니네요."

노형진의 말에 고용근도, 임진기도 동의할 수밖에 없었다.

하여간 그들의 조건대로라면 가장 큰 문제는 바로 배상금이다.

"이 경우 피해자가 받을 수 있는 돈은 대략 20분의 1로 줄어듭니다."

"그렇게 심한가요?"

"어쩔 수가 없습니다. 노동력의 상실 부분이 엄청나게 크거든요."

진단한 외부의 의사는 피해자가 교통사고로 40%의 노동력을 상실했다고 판단했다.

그런 경우 보험사는 그 사람이 평생 벌 수 있다고 생각하는 돈의 40%를 배상해 줘야 한다.

그런데 보험사는 일시 장애, 그것도 20%를 주장하고 있다. 심지어 치료에 소요되는 예상 기간이 고작 6개월이다.

"결국 피해자의 선택지는 두 가지뿐이군요."

그들이 내주는 대로 받고 포기하든가, 아니면 소송하든가.

이것이 법이다

하지만 누구도 저런 말도 안 되는 조건을 받아들일 리가 없으니 선택지는 사실상 하나뿐.

"처음에는 노 변호사님처럼 가해자에게 직접 청구할까 생각했지만 이 경우는 좀 힘들 것 같아서요."

"잘 생각하셨습니다. 채무 부존재 확인 소송이라고 해도 다 같은 게 아니죠."

노형진에게 채무 부존재 확인 소송을 건 공제조합의 경우는 전문적인 지식도 없고 체계적인 법률 구조도 갖추지 않아서 오로지 상대방을 억압할 목적으로 저지른 짓이었다.

그랬기에 노형진이 가해자를 대상으로 소송을 넣을 자격이 되었다.

그들이 아예 줄 생각이 없었으니까.

"하지만 이건 교묘하단 말이죠."

그들이 내민 내부 진단은 말도 안 되는 소리니까 무시하면 된다. 어차피 그들도 그걸로 이길 거라고 생각하지는 않으니까.

가장 큰 문제는 외부 감정 동의서다.

외부 감정 동의서를 내주지 않으면 검사를 못 하고, 검사를 못 하면 당연히 진단을 못 하는데, 진단이 안 나오면 돈을 못 준다는 게 보험회사의 논리이기 때문이다.

문제는 이게 먹힌다는 것.

실제로 돈을 주겠다고 외부 진단 동의를 요청했는데 그에 동의해 주지 않은 것은 피해자이니까.

그렇다 보니 이 경우는 노형진처럼 이유도 없이 무조건 돈을 못 주는 게 아니라 피해자의 과실로 돈을 못 주는 게 성립해서, 가해자에게 소송을 걸어도 법원은 지불을 책임지는 대상이 보험사라는 이유로 각하할 가능성이 크다.

그렇다고 동의서에 사인해 주면 보험사가 판 함정에 기어들어 가는 꼴이니 사인도 못 해 주는, 말 그대로 진퇴양난에 빠진 셈이 된다.

물론 재판부도 그 점을 잘 알기에 이런 경우에는 제3의 병원에서 신체 감정을 받아 공정하게 처리하려고 한다.

"문제는 그런 신체 감정을 하는 의사들의 입을 소송을 통해 막는다는 거군요."

"맞습니다."

첫 번째 백내장 사건은 확실히 간단한 사건이기는 했다.

자기들이 아무리 아전인수 격으로 해석해도 당사자가 오면 그만인 사건이니까.

하지만 이번 사건은 현재 보험 시스템의 핵심적인 문제 중 하나다.

"거기에 문제가 하나 더 있습니다."

"네? 무슨 문제요?"

한참 서류를 확인하던 임진기 변호사는 노형진에게 심각한 표정으로 말했다.

"이번 사건에서 의사가 진단한 40%의 장애도 제가 봤을 때는 과소 진단입니다."

그 말에 노형진은 혹시나 하는 생각에 질문을 던졌다.

"과소 진단? 설마 외부에서 자문해 준 의사가 보험사의 청탁이라도 받았다고 생각하시는 겁니까?"

"그럴 수도 있습니다. 외부 자문의라고 해서 다 중립적인 건 아니니까요. 확인해 보기는 하셔야 할 것 같네요."

외부에서 보험 자문을 해 주는 의사들도 병원에서 환자를 치료한다.

그런데 그런 의사들은 아예 처음부터 보험사를 위해 장애 비율을 낮게 잡아 주는 경향이 있다.

종종 어떤 의사들이 어디 보험사 자문 위원이라고 홍보하곤 하는데, 그건 자신을 믿고 병원에 찾아오라는 게 아니라 너한테 사기 칠 거라고 말하는 것이나 마찬가지인 거다.

비공식도 아니고 공식적으로 보험사에서 자문 위원 자격을 준 거라면 철저하게 보험사만을 위해 일하는 사람일 테니까.

임진기의 말에 노형진은 고개를 갸웃했다.

"그러면 다른 이유도 있다는 말씀이십니까?"

"네. 그런데 이건 시스템적인 문제라서요. 보험사의 수작이나 그런 게 문제가 아니라."

"무슨 말씀이신지 모르겠군요."

"보험사나 의사가 교통사고와 관련해서 기준으로 삼는 게 뭔지 아십니까?"

"기준요? 맥브라이드 기준 아닙니까?"

"맞습니다. 문제는 그 맥브라이드의 기준이 현대에 맞지 않다는 거죠."

"흠, 그런 말은 있지요."

맥브라이드 평가표는 장애율과 관련하여 손해를 계산하는 하나의 방식이다.

현재 대한민국 법원과 의학계는 이 맥브라이드 평가표를 기준으로 손해배상을 산정한다.

"그런데 이게 언제 만들어진 건지 아십니까?"

"글쎄요. 그건 모르겠네요."

그걸 쓴다고는 배웠지만 그게 언제 만들어졌는지는 들어본 적이 없기에 노형진은 고개를 흔들었다.

"1936년입니다."

"1936년요? 그러면 거의…… 90년 전 아닙니까?"

"맞습니다. 그나마 저희가 쓰는 건 1963년 6판입니다만."

"도긴개긴이군요."

당장 진단에서 가장 많이 쓰이는 장비인 CT가 1972년에 개발되었고 그 후에도 수많은 의료 장비들이 개발되었다.

"당연히 장애는 더욱 세분화되었습니다. 그렇기 때문에 피해에 관해 좀 더 세분화해서 자세하게 따져야 합니다."

"흠……."

"더군다나 이 맥브라이드 계산법의 가장 큰 문제는 맥브라이드가 정형외과 의사였다는 겁니다."

그 말을 들은 노형진은 문제가 뭔지 깨닫고 고개를 끄덕거렸다.

"인간의 정신적인 문제나 신경에 관해서는 전혀 모르겠군요."

"네, 전혀 몰랐을 겁니다. 설사 안다고 해도 아주 기초적인 수준이었을 테고요."

1936년에 과연 인간의 가치가 얼마였을까? 인간의 존엄성이 존중받았을까? 그들이 받는 정신적 고통도 인정되었을까?

1936년 미국은 경제 대공황 시기였다.

인간의 가치가 바닥으로 떨어지고 노동자는 파리 목숨이던 시절.

누군가의 정신적 손실까지는 파악할 필요도 없이, 그냥 죽으면 땡인 시절.

"노동력의 상실이 40%라지만 현실적으로 보면 그럴 수는 없죠."

왜냐하면 현실은 잔인하니까.

예를 들어 맥브라이드 평가표를 기준으로 식물인간이 되면 100% 장애, 한쪽 팔이 절단되면 59% 장애 이런 식으로 평가된다.

문제는 그로 인해 수반되는 다른 문제, 가령 팔이 절단되었을 때 발생하는 심리적 충격으로 인한 우울증 같은 건 아예 따지지도 않는다는 거다.

심지어 신경에 대해서는 거의 무지했던 시절의 기준이기에 신경학적인 문제에 대해서는 장애율의 오류가 엄청 심하다.

"당장 이 기록에 따르면 디스크로 인한 노동력 상실이 40%인데 말입니다. 제 경험상 이 정도 디스크면 걷는 것 말고는 아무것도 못 합니다."

그렇기 때문에 노동력 상실의 기준에 오류가 있을 수밖에 없다는 것.

하긴, 그 시절에는 CT나 MRI가 없었으니까 그걸 기준 삼기가 애매할 수밖에 없을 것이다.

"그런가요?"

"네. 더군다나 우리나라 보험사들은 이 기준을 또 곡해해서 이용하고요."

"곡해?"

"네, 그마저도 곡해해서 최대한 줄입니다."

맥브라이드에 따르면 분명 손실이 40%인데 간호사를 동원해서 20% 한시 장애로 몰아붙이는 게 그런 방식이라는 것.

"미국은 미국의학협회 장해 평가표를 만들어서 쓰고 있는데 한국은 아닙니다. 아직도 거의 90년 전 기준을 쓰고 있죠."

임진기의 말대로라면 이 40%의 장애조차도 제대로 된 판단은 아니라는 소리였다.

심리적 영역이나 그런 것까지 따지면 보상금은 늘어날 수밖에 없는 일.

"아무래도 이건 단순히 재판으로 끝나지는 못할 것 같은데요?"

그렇게 말한 노형진은 사건 기록을 물끄러미 보면서 곰곰이 생각에 빠졌다.

다음 권으로 이어집니다

꿈의 도약, 로크에서 하십시오
(주)로크미디어에서 신인 작가를 모십니다

즐거운 세상, 로크미디어는 꿈을 사랑하고 도전을 두려워하지 않는 작가 분들의 참신한 작품을 기다리고 있습니다. 21세기 장르 문학계를 이끌어 갈 차세대 선두 주자 (주)로크미디어에서 여러분의 나래를 활짝 펴 보시길 바랍니다.

모집 분야 판타지와 무협을 포함한 장르 문학
모집 대상 아마추어 작가, 인터넷 작가
모집 기한 수시 모집
작품 접수 시 유의 사항
1. 파일명은 작가명_작품명.hwp형식을 갖춰 주십시오.
1. 파일에 들어갈 내용은 다음과 같습니다.
    − 성명(필명인 경우 실명을 밝혀 주세요), 연락처, 이메일 주소
    − 제목, 기획 의도
    − A4용지 1장 분량의 등장인물 소개
    − A4용지 2장 분량의 전체 줄거리
    − 본문
1. 작품이 인터넷에 연재되고 있다면, 게시판명과 사이트의 구체적이고 정확한 주소를 기재해 주십시오.

선택된 작품은 정식 계약 후 출판물로 간행되어 전국 서점에 유통됩니다.
작가 분은 (주)로크미디어의 전폭적인 지원하에 전속 작가로 활동하시게 됩니다.
※ 자세한 내용은 로크미디어 홈페이지(rokmedia.com)를 참조하세요.

(04167)서울시 마포구 마포대로 45 일진빌딩 6층
(주)로크미디어 편집부 신간 기획 담당자 앞
전화 : 02) 3273-5135
www.rokmedia.com   이메일 : rokmedia@empas.com